CW00430036

CONTENUTI

RINGRAZIAMENTI

Mi è doveroso dedicare questo spazio del mio elaborato, alle persone che hanno contribuito con il loro supporto alla realizzazione dello stesso. Ringrazio infinitamente i miei figli Christian e Antonio, perché sono loro ad aver fatto me, e non io loro. Un ringraziamento speciale a Emanuela per la correzione e Sebastiano per la pazienza di trascriverlo sul computer. Un grazie particolare al fotografo Alessandro per la realizzazione della copertina e le foto dei quadri che simboleggiano i mondi. Grazie ai miei nonni e a mia zia, che sono stati simbolo d'amore, a mia madre che a sua insaputa ha generato un'anima. Ringrazio mia sorella Emy e i miei nipoti Samuele e Serena che mi sono stati di grande aiuto per il titolo del romanzo. Infine ringrazio me stessa perché ho reso possibile che ciò accadesse.

Uriel e Gaia
L'amore è il parto della nostra stessa connessione all'universo,
nostra vera eredità, non si cresce solo nel corpo ma nella propria
essenza. Dentro ci sono le proprie doglie, e dentro di esso c'è
tutto ciò che serve per partorire la propria testimonianza.

MONDO - TERRA

Gaia era una donna fuori dagli schemi, la cui vita era divisa tra il sogno e la realtà. Attraverso i quadri del suo amato Uriel, aveva creato mondi paralleli e, senza accorgersene, era riuscita ad aprire un portale in cui tutto era collegato in modo geometrico al ciclo della vita.

Era così diventata regista e spettatrice, cercando ciò che desiderava tra la conoscenza del sogno e la realtà in cui viveva. Nei suoi sogni non esisteva né passato né futuro, solo il presente, in cui il tempo era un'illusione. Ciò che vedeva lo aveva creato lei stessa. Elaborando i suoi pensieri era in grado di dare vita alle cose e alle azioni, non solo ai pensieri stessi. I suoi occhi erano come l'infinito; consapevole o meno, aveva intrapreso un viaggio creando con Uriel la parte mancante del suo essere, mescolando nella realtà un passato che, presente nel futuro, avrebbe riunito frammenti di memoria del presente che in passato sarebbero stati il futuro.

Tutto ebbe inizio come un'enigma: immobile ma in continuo movimento. Tutto divenne uno e niente era il tutto. Il tempo poteva esistere contemporaneamente in altre dimensioni, in luoghi di diverse realtà energetiche. Dando libertà alla sua coscienza, Gaia viveva il tempo in simbiosi con le sue emozioni, sia in modo astratto che concreto, realizzando il tempo illusorio attraverso le sue dimensioni interiori emotive.

Gaia, una stimata psicologa con grande sete di conoscenza, amava due cose: il lavoro e Uriel.

Uriel era creativo pieno di passione che esprimeva se stesso attraverso l'arte. Possedeva una sensibilità unica per il mondo circostante e una profonda connessione con le emozioni, che si riflettevano nei suoi occhi verdi.

Drin, drin

Lo squillo del telefono fermò le riflessioni di Gaia.

"Uriel, dove dobbiamo incontrarci? Sarò lì per le venti. A dopo."

Quella sera, Uriel aveva preparato una cena a lume di candela in riva al mare. Il suo amore per Gaia era indescrivibile, ed era sempre dolce e cortese con lei.

Quella sera era perfetta: il cielo era stellato e la luna brillava come se avesse voluto onorare il loro amore magico. Uriel aveva preparato con cura un tavolino rotondo sulla sabbia, avvolto da una tovaglia di raso nero. Al centro del tavolino c'era un candeliere d'argento con candele rosso porpora e un vaso con tre rose scarlatte. Lo spazio intorno a loro era circondato da candele che illuminavano il loro cerchio d'amore.

Quella serata fu incantevole; parlarono dei loro sogni e delle loro speranze. Più il loro legame cresceva, più si rendevano conto che qualcosa di invisibile li univa in modo indissolubile.

La cena era deliziosa. Tra un bicchiere di vino e dolci chiacchiere, Uriel, riflettendosi nei suoi occhi, le strappò dolcemente un bacio.

Si presero per mano e camminarono lungo la spiaggia, fino a raggiungere il parcheggio dove c'era la loro moto. Salirono in sella e si allontanarono.

Le luci della città erano uno spettacolo, la notte faceva

sembrare tutto diverso.

Quella notte, Gaia fece un sogno strano che la turbò profondamente.

Al mattino, non ebbe il tempo di raccontare cosa avesse sognato perché entrambi dovevano andare a lavorare.

Tuttavia, prima di salutarsi come facevano di solito, lei si voltò verso di lui. "Questa sera vorrei parlarti di una cosa affascinante ma alquanto strana..."

Lui l'abbracciò e la baciò. "Non vedo l'ora di stare nuovamente insieme a te. A più tardi."

Chiusero la porta di casa e le loro strade si divisero.

Quella mattina, Gaia aveva un incontro con una paziente molto particolare che da un anno stava studiando attentamente. Arrivata in studio, vide la paziente seduta in sala d'attesa che l'aspettava.

"Prego signora, entri pure."

Emra si sedette e si mise a suo agio.

"Come sta? Come si sente?" Gaia si accomodò di fronte a lei.

"Grazie per l'apprensione nei miei riguardi. Onestamente mi sento a mio agio con lei, ma turbata per ciò che mi sta accadendo."

"Mi dica pure, sono qui apposta per ascoltarla."

Emra le raccontò di aver vissuto un'esperienza per lei reale, ma non capiva se fosse frutto della sua immaginazione o di qualcosa realmente accaduto. Iniziava a preoccuparsi per la sua salute mentale, temendo di perdere il lavoro e i figli.

Gaia la rassicurò facendole capire che non aveva nulla da temere. Il racconto di Emra era qualcosa da approfondire. Si soffermò con lo sguardo sulla poltrona della paziente, ma allo stesso tempo si perse nel sogno che aveva fatto durante la notte, rubandole un attimo di distrazione.

"Va tutto bene?" Emra la stava fissando.

"Sì, tranquilla, devo solo riflettere sulla sua esperienza. Perché io le credo."

Emra si sentì sollevata da quelle parole e, dopo un'ora di seduta, si salutarono.

"Bene, signora Emra, anche per oggi la seduta si è conclusa. Noi ci vediamo venerdì prossimo; ora vada a casa e si tranquillizzi. Vedrà che troveremo la soluzione."

Emra la ringraziò e le augurò una buona serata.

Dopo una giornata di lavoro, finalmente a casa, Gaia accese lo stereo e mise della buona musica per rilassarsi, quindi si mise a cucinare aspettando l'arrivo del suo amato.

Uriel aprì la porta e non fece in tempo a togliersi la giacca che Gaia gli si avvinghiò al collo con enorme felicità e lo strinse talmente forte da togliergli quasi il fiato.

"Ehi! Piano, piano. Mi stai soffocando!"

Lui la prese in braccio e la sollevò, la fece girare su se stessa e la tenne sospesa per un po'. L'energia che permeava quella casa era unica, sembrava che l'universo stesso albergasse in essa.

Seduti a cena, lui parlò per quasi mezz'ora e lei, che adorava sentirlo parlare, lo ascoltò con grande piacere, anche perché le sue giornate erano sempre piene di emozioni.

Uriel ripiegò il tovagliolo accanto al piatto. "Allora,

cosa hai sognato stanotte?"

Gaia aveva un modo affascinante e vivace di raccontare le cose, tanto che era impossibile non immaginare mentre la si ascoltava.

"Oh! Sì, il mio sogno! Era strano... Particolare... C'erano esseri strani che mi dicevano che non tutti possiedono un'anima, perché senza spazio e tempo, è qui che si può penetrare nell'inconscio. Era un sogno all'interno del sogno stesso, sognare se stessi e vivere con la lucidità che quel sogno sia la vera realtà."

Uriel la guardò e sorrise. "Che dire... Questa volta hai superato te stessa!"

Si alzarono dal tavolo e iniziarono a sparecchiare. Uriel le fece un cenno con il dito sulla bocca.

"Sh... ascolta attentamente cosa stanno trasmettendo in radio..."

Gaia si fermò. "È la nostra canzone! Io avevo quarantatré anni e tu cinquantadue. Il nostro primo incontro nato per puro caso al bar della stazione... Io bevevo un ginseng e tu un caffè, ed entrambi abbiamo esclamato *adoro questa canzone!* Ci siamo guardati sorridendo, e tu hai allungato la mano per presentarti ed io ho ricambiato. Siamo rimasti fermi finché non è finita la canzone... Entrambi abbiamo notato il colore dei nostri occhi verdi. Dentro di noi, mentre ci guardavamo, ci siamo sentiti a casa, come se ci conoscessimo da una vita... È iniziato tutto quel giorno e con quella canzone che adoriamo. È passato un anno e siamo ancora qui... Che dire... Quanto ti amo, anima mia!"

"Ti amo anch'io." Uriel la baciò con passione.

Lentamente si staccarono da quell'abbraccio e tornarono verso il lavandino per terminare le pulizie.

Gaia era al lavaggio dei piatti e lui al risciacquo; avevano organizzato bene i loro compiti in casa.

"Caro, ti ricordi di quella paziente di cui ti avevo parlato?"

"Chi? La donna un po' strana?"

"Sciocco, non è strana! Comunque, volevo raccontarti ciò che mi ha confidato e desidero conoscere la tua opinione."

"Dammi solo un attimo, tesoro, metto in ordine le posate così potremo sederci tranquilli e sarò tutto orecchi."

Poco dopo si accomodarono sul divano, Gaia seduta e lui sdraiato con la testa sulle sue gambe, mentre lei gli accarezzava i capelli.

"La paziente mi ha raccontato che una notte stava molto male. Aveva la febbre alta e una tosse che le toglieva il respiro, quando ha sentito un profumo molto intenso pensava stesse per morire. Allora ha preso subito il cellulare per chiamare i soccorsi, ma non si sentiva per niente bene. Un dolore al petto le ha fatto lasciare cadere il telefono dalle mani, e improvvisamente si è ritrovata fuori dal suo corpo, fluttuando nell'aria. Si sentiva leggera, senza pensieri, ma anche confusa. È stato lì che ha visto quattro presenze, come lei le definisce, e ha sentito dire da uno di questi esseri che stava per avere un infarto. La cosa particolare è che poteva sentirli telepaticamente, e improvvisamente li ha visti entrare e uscire dal suo corpo, come se volessero praticare un massaggio cardiaco. Poco dopo si è sentita risucchiata da un'energia intensa e ha ripreso conoscenza. In quel momento ha preso il telefono e ha chiamato una sua amica e collega di lavoro, raccontando l'accaduto. Sapeva che non era un'allucinazione causata dalla febbre, ma bensì un'esperienza extrasensoriale reale. In altre occasioni mi ha confidato che spesso fa dei sogni molto realistici, dove degli esseri la fanno viaggiare in altri mondi, dicendole di essere i suoi creatori. Sinceramente, vorrei indagare ulteriormente perché sento che non sta mentendo."

"Tesoro, se credi in lei, continua il tuo percorso e vedrai che tutto si risolverà da sé." Uriel le sorrise. "Ricordi che domani siamo invitati a cena a casa dei nostri amici, vero?"

"Ah, giusto! Me ne ero dimenticata! Va bene, grazie per avermelo ricordato. Caspita tesoro, tra una chiacchierata e un'altra si è fatto tardi, direi che è ora di andare a dormire."

Sabato, ore 7:00 del mattino

Gaia si alzò presto perché aveva delle commissioni da sbrigare. "Uriel, tesoro... Esco, ci vediamo più tardi. Tu pranza tranquillo senza di me, mangerò qualcosa al volo. Credo che farò tardi, ma arriverò in tempo per prepararmi e andare dai nostri amici."

"Va bene, tesoro."

A metà pomeriggio, preoccupato per il ritardo, Uriel chiamò e inviò alcuni messaggi a Gaia senza ricevere risposta. Presa dalla frenesia della sua giornata, Gaia non rispose ai tentativi di chiamate e messaggi.

Quando guardò l'orologio era molto tardi.

Arrivata a casa, Uriel era seduto sul divano con la fronte crucciata. "Gaia, perché non hai risposto al cellulare?"

"Amore, scusami... Ma ero tanto presa dal lavoro che ho pensato di lasciar perdere il telefono per una buona volta... Così avrei finito per tempo tutto ciò che dovevo fare."

"Va bene." Uriel trattenne dentro di sé un groppo in gola.

Non era un uomo amante delle discussioni, preferiva il dialogo, e decise di affrontare il discorso in un secondo momento, considerando che era tardi e dovevano andare a cena.

Entrambi andarono a vestirsi. Lui indossò un elegante abito azzurro con una camicia bianca, mentre lei optò per un vestito nero lungo e una stola rossa adornata da brillantini delicati che donavano un tocco di classe al nero.

Uriel, già pronto, aspettò che Gaia si preparasse vicino alla porta. "Tesoro, sei pronta?"

"Sì, arrivo subito! Metto le scarpe e scendo!"

Salirono in auto e dopo un'ora finalmente arrivarono a destinazione.

Cesare era fuori ad aspettarli con ansia. "Eccovi arrivati!" Gli andò incontro e li abbracciò con forza. "Che bello rivedervi, ragazzi! Andiamo a casa, Zoe è impaziente di incontrarvi!"

Nessuno dei due ebbe il tempo di consegnare la bottiglia di vino rosso che avevano portato per la serata.

La gioia era palpabile.

"Zoe, vieni! Sono arrivati!"

Un altro caloroso abbraccio li avvolse.

"Forza ragazzi, accomodatevi! Questa sera ci sono altri due ospiti che con piacere vorremmo farvi conoscere. Vi presentiamo Enki e sua moglie Samy."

Fatte le presentazioni, si sedettero a tavola, pronti per una deliziosa cena a base di pesce. La serata fu piacevole.

"Enki, se me lo permette, Che lavoro svolge?" chiese Uriel.

"Sono un neurochirurgo, e anche un appassionato di fisica quantistica. Mia moglie, invece, è un programmatore informatico di alto livello."

Per ore parlarono di molte cose, tra domande e risposte sulle rispettive professioni, hobby e altro. Giunse l'una di notte ed era arrivato il momento di andare.

Uriel e Gaia salutarono con affetto gli amici e i nuovi conoscenti, ringraziandoli per la bellissima serata trascorsa

"È stato veramente un piacere fare la vostra conoscenza" disse Uriel.

Gaia si fece avanti. "Certo! Ma verrete anche a casa nostra. Ne saremo molto onorati."

"Molto volentieri" risposero.

Saliti in macchina, nel tragitto verso casa, Uriel aveva ancora un chiarimento da fare e le chiese il motivo per cui non aveva risposto alle sue telefonate.

"Ti prego... ne parliamo domani. Ora sono stanca... Perché non ascoltiamo un po' di musica?"

Ma lui a questa risposta si arrabbiò, e finirono per

litigare. Rientrati in casa, Uriel si diresse in sala. "Io vado a dormire sul divano."

Lei lo guardò per un attimo dispiaciuta, poi l'orgoglio prese il sopravvento. "Io vado in camera. Buonanotte."

Gaia non riusciva a prendere sonno, cambiava continuamente posizione nel letto. Decise così di provare l'autoipnosi per allontanare i pensieri dalla lite. A volte utilizzava questa tecnica di rilassamento per dissipare la negatività.

Domenica, ore 8:00 del mattino

Gaia non si era ancora svegliata, cosa insolita per lei. Uriel, entrò in camera e cercò di svegliarla.

"Amore, svegliati, è ora di alzarsi! Ti prego, svegliati." Spezzò il silenzio nella stanza e urlò: "Gaia!"

Non riusciva a capire cosa le fosse successo. Era disperato... Prese subito il telefono e chiamò i soccorsi. Dall'altra parte del telefono gli fecero molte domande, la rabbia e il terrore si impossessarono di lui.

"Dovete venire immediatamente a casa mia!"

I soccorritori intuirono la gravità della situazione e inviarono un'ambulanza sul posto che arrivò in pochi minuti.

Corsero in camera e, dopo aver controllato i parametri vitali del cuore della donna, riscontrarono che fortunatamente batteva ancora. Tuttavia, c'era un problema: ogni volta che cercavano di sollevarla dal letto, il suo cuore smetteva di battere.

Dopo numerosi tentativi, il medico scosse la testa. "Non

possiamo spostarla dalla posizione in cui si trova... non capisco perché ogni volta che proviamo a sollevarla il cuore sembra fermarsi. Siamo costretti a lasciarla dov'è. Evitiamo complicazioni perché la situazione è estremamente delicata. Signor Uriel, sono veramente dispiaciuto, ma sua moglie è in coma."

A queste parole, Uriel scoppiò in lacrime.

Il medico gli poggiò una mano sulla spalla. "Le prometto che faremo tutto il possibile per farla uscire da questo stato e cercheremo di capirne la motivazione. Nel frattempo la terremo sotto stretta osservazione giorno e notte con apparecchiature all'avanguardia. È brutto da dirsi... ma in certe circostanze, lei deve mantenere il più possibile la calma."

Quando i soccorritori se ne andarono, Uriel guardò con sgomento il corpo fragile della sua amata e le accarezzò con dolcezza i lunghi capelli biondi. Poi avvicinò una sedia, si sedette accanto a lei e la prese per mano.

"Vita mia... ho sentito dire che quando una persona è in coma bisogna parlarle perché sente tutto. Chissà se è vero e se tu mi senti."

Le parlò per ore, rievocando tutte le belle esperienze che avevano condiviso, le promesse fatte e i sogni da realizzare. Non riusciva a comprendere appieno ciò che stava vivendo. Si alzò, andò in cucina, prese il telefono e chiamò il suo migliore amico Cesare. Quest'ultimo rispose allegramente, ignaro degli eventi, ma appena sentì la voce di Uriel, capì che qualcosa non andava.

"Cosa è successo? C'è qualcosa che non va?"

Uriel spiegò la situazione a Cesare. Dall'altra parte ci fu

un momento di silenzio.

"Cesare, ti prego, dimmi qualcosa, aiutami, sono disperato!"

"Sì, sì… scusami… sono sconvolto quanto te!"

Zoe, in quell'istante, vide il volto pallido del marito e gli si avvicinò. Cesare le prese la mano.

"Gaia è in coma."

Lei coprì la bocca con le mani in un gesto di sconforto.

Dall'altra parte del telefono c'era un silenzio assordante.

"Uriel, ci sei ancora?" chiese l'amico.

Con voce fioca rispose: "Sì, sono qua."

"Non ti preoccupare, amico mio, io e mia moglie saremo lì al più presto possibile."

Cesare chiuse la telefonata e guardò la moglie. "Corriamo subito da loro."

Dopo pochi minuti erano già in viaggio.

Durante il tragitto Cesare non riuscì a dire mezza parola e Zoe, capendo lo stato d'animo del marito, restò in silenzio, accarezzandogli di tanto in tanto il volto come se volesse dirgli *sono qui e rispetto il tuo dolore*.

Finalmente arrivarono, suonarono il campanello e Uriel aprì la porta. Aveva gli occhi rossi e gonfi di pianto.

"Vieni qua, amico mio." Cesare lo abbracciò. "Portaci subito da lei."

Li portò nella stanza, li fece sedere e iniziò a raccontare. Cesare si passò una mano sul volto. "Se mi consenti, vorrei parlare a Enki dell'accaduto."

Uriel approvò senza esitare un attimo, e Cesare chiamò subito l'amico al telefono.

"Ciao Enki, abbiamo bisogno del tuo prezioso aiuto."

Poi gli spiegò la situazione.

Uriel lo guardava con agitazione. "Può venire a constatare personalmente cosa mai è potuto accadere? Te ne sarei molto grato."

"Non ti preoccupare!"

"Purtroppo io e mia moglie siamo fuori città per un convegno. Domani prenderemo il primo volo e saremo al più presto da voi."

Cesare riagganciò e posò la mano sulla spalla di Uriel. "Vedrai, faremo tutto il possibile. Enki è uno tra i migliori neurochirurghi, mi fido di lui e sono sicuro che troverà una soluzione il prima possibile. Nel frattempo, io e mia moglie rimarremo con voi per starvi vicino."

"È un enorme piacere avervi qui al mio fianco, Grazie infinitamente. Io e te, amico mio, ci conosciamo fin da piccoli... per me sei come un fratello."

Cesare rispose con un sorriso. "Lo sei anche tu per me... adesso però andiamo a riposare, domani ci attende una giornata intensa."

Ore 9:00 del mattino

Enki e Samy arrivarono in aeroporto e contattarono subito Cesare.

"Pronto Enki, state prendendo un taxi? Perché non mi avete avvisato?"

"Cesare non ti preoccupare, tra circa un'ora saremo lì da voi. Abbiamo fatto tutto di fretta perché non sapevamo neanche noi gli orari dei voli, così abbiamo deciso di non dirvi niente."

"Va bene, a dopo." Cesare chiuse la telefonata e si voltò verso Uriel. "Stanno arrivando, dobbiamo solo aspettare il tempo che serve."

Suonarono al campanello. Uriel e Cesare li fecero entrare.

"Buongiorno amici, grazie di essere qui."

"Gli amici servono anche per questo" rispose Samy.

Tutti e cinque andarono in soggiorno.

Enki si accomodò vicino a Uriel. "Raccontaci tutto."

Così per la terza volta Uriel riportò l'accaduto senza ormai più forze.

"Bene..." Enki si alzò. "Andiamo a vedere cosa è realmente accaduto."

Si avvicinò a Gaia, prese una luce-penna e le aprì gli occhi per controllare le pupille. Dopo vari controlli, tra cui esami del sangue e ossigenazione disse: "Ora bisogna solo aspettare un paio d'ore per accertarsi che le analisi siano tutte nella norma."

Nel frattempo, rifletteva in silenzio e guardava fuori dalla finestra della camera. "Sai Uriel, ho già avuto a che fare con un caso quasi simile... ma l'altro è stato in coma per qualche ora, e invece questo purtroppo è più lungo."

Uriel corrugò la fronte. "Non capisco, cosa vuoi dire? Non farmi preoccupare... l'ansia è già alta."

"Voglio dire che sembrerebbe un coma indotto da autoipnosi. Ma per verificare ciò, ho bisogno di fare dei test con un macchinario importante che funziona tramite elettrostimolazione cerebrale. Per iniziare, le farò un elettroencefalogramma e, se la mia diagnosi risulterà essere ciò che penso, dovresti essere disponibile per quello che ho in programma e che ti spiegherò passo dopo passo. Tranquillo... nulla di preoccupante. Io e mia moglie sappiamo cosa fare. Fidati di noi, e potrai nuovamente rivedere gli occhi grandi e verdi della tua amata."

Nel frattempo, Samy andò in laboratorio e, dopo aver atteso pazientemente, ottenne i risultati delle analisi. Chiamò subito il marito per comunicargli l'esito positivo degli esami, potendo così iniziare il trattamento.

"Arriverò più tardi. Mi fermerò da un amico che potrà fornirmi le attrezzature necessarie."

Dopo circa un quarto d'ora, arrivò al negozio dell'amico. Quando lui la vide entrare le andò subito incontro.

"Ma che bella sorpresa! La mia cliente preferita! A cosa devo l'onore di questa visita?"

"Non fare lo stupido, Chris! Sai che non vengo da tempo perché ho avuto molto da fare ultimamente."

Chris le strizzò l'occhio. "Dai... scherzo! Ti posso offrire un caffè o preferisci un tè?"

"Grazie, prendo volentieri una tazza di tè caldo."

Si accomodarono su un divanetto. Chris guardò l'amica. "Allora, come posso esserti d'aiuto? Ti conosco da tempo ormai, e quando vieni a trovarmi solitamente la faccenda è davvero importante."

"Hai ragione, amico mio. Questa volta la faccenda è a un livello superiore di quello che abbiamo affrontato finora... Quindi apri bene le orecchie e ascoltami attentamente. Io e mio marito stiamo aiutando un amico che ha la moglie in coma. Sia io che Enki crediamo che questo coma sia indotto da autoipnosi..."

"Frena, frena!" Chris sollevò una mano. "Scusami se mi permetto, ma questo caso lo ritengo già molto interessante! Quindi hai bisogno di apparecchiature come quella appoggiata su quello scaffale?"

A Samy si illuminarono gli occhi. "Chris! Ma dove l'hai presa?"

"Dove l'ho presa?" Sorrise. "Per due anni io e mio padre abbiamo lavorato per creare questa perla, e finalmente dopo notti di sonno regalate all'universo, siamo stati ricompensati. Questa apparecchiatura è la madre di tutte le future creazioni!"

"Scommetto che gli hai dato anche un nome, vero?"

"Ovviamente! Come potevo non farlo? Samy, ti conosco da anni e so che mi posso fidare di te."

"Con questo vorresti dire che saresti disposto a prestarmela?"

"Direi proprio di sì! Non potrei affidarla in mani migliori. L'abbiamo già testata su più casi con ottimi risultati, ma sono convinto che nelle vostre mani il risultato sarà stupefacente! Ti lascio anche questo manuale dove troverai tutte le istruzioni necessarie per farla funzionare al meglio."

Lei lo abbracciò e lo baciò sulla guancia.

"Sei un tesoro! Te ne sarò grata in eterno."

Dopo aver messo nel bagagliaio tutta l'attrezzatura necessaria, mentre metteva in moto l'auto, Chris poggiò una mano sul finestrino abbassato.

"Amica mia, per qualsiasi cosa conta pure su di me. Conosci benissimo la mia esperienza in questo campo."

"Lo so Chris. Sicuramente avrò bisogno del tuo prezioso aiuto. Grazie ancora. Ah... dimenticavo... tieni il telefono acceso, credo che ci sentiremo molto presto."

Samy era felice di aver trovato tutto il materiale per poter far fronte a questa faccenda delicata che le stava a cuore.

Arrivata nel giardino di casa di Uriel, li chiamò a gran voce.

"Ragazzi, venite fuori ad aiutarmi! Ho trovato tutto il necessario!"

Tutti insieme scaricarono l'attrezzatura e la portarono in camera di Gaia.

"Samy, sei un fenomeno!" esclamò Enki. "Ottimo lavoro, mia cara!"

Lei sorrise soddisfatta. "Avevi dubbi, tesoro?"

"Adesso che abbiamo tutto l'occorrente, dovremmo fare una telefonata all'ospedale. Devo parlare con il medico che venne quel giorno in soccorso da voi. Ho bisogno del suo consenso per procedere." Enki si avvicinò a Uriel.

"D'accordo..."

Dopo aver chiamato ed essere riuscito a ottenere un appuntamento con il medico del soccorso, Enki si avvicinò alla porta di casa.

"Ragazzi, vado subito all'ospedale. Cercherò di farmi passare il caso e se la risposta sarà positiva, procederemo al più presto! A dopo... e incrociamo le dita."

Circa un'ora dopo, spalancava la porta.

"Il caso è nostro! Ho ottenuto l'autorizzazione!"

Dalla soddisfazione, tutti si congratularono tra loro.

"Uriel, direi di iniziare domani a mente lucida e di fare un bel riposo ristoratore, riguadagnando le forze perse in questi giorni. Cosa ne pensi?"

"Io inizierei anche subito, ma credo tu abbia ragione, Enki. Non credo sia una buona idea farlo con la stanchezza addosso, anche se sono sulle spine per il desiderio di iniziare. Mi farò una tisana rilassante... chissà, magari mi aiuterà a bloccare l'ansia. A domani, amici miei, e grazie ancora per starmi vicini in un momento così delicato."

Mentre si dirigeva verso la camera, le lacrime gli rigavano il viso; cercò di trattenere il pianto. Chiuse la porta della camera, si mise sotto le coperte e, nel silenzio assordante, strinse a sé il cuscino prima di addormentarsi.

Enki, la mattina successiva, si alzò presto, uscì in giardino, si sedette sul dondolo e, respirando l'aria fresca, rifletteva su quanto fosse importante il suo ruolo in questa situazione. Poco dopo, sua moglie si unì a lui.

"Caro, vedrai che ce la faremo. Ricordi cosa mi hai sempre detto? Non scordare mai chi sei."

Gli posò le mani sul viso e, dopo averlo guardato negli occhi, lo strinse forte a sé.

"Forza, entriamo... ci attende una giornata lunga. Qui fuori fa freddo."

Rientrati in casa, Enki si sedette in cucina con gli altri.

"Buongiorno a tutti, ora prendiamo una tazza di caffè e un pezzo di torta di mele fatta dalle mani fatate di Zoe, e poi si parte. Uriel, sei pronto?"

"Non vedo l'ora!"

Fecero colazione in silenzio, si preparavano ad affrontare una dura prova.

Quando entrarono nella stanza di Gaia, Uriel rimase sbalordito.

"Ma... ma... come avete fatto? Sembra un laboratorio!"

"Tranquillo, abbiamo lavorato tutta la notte in modo ben programmato per non commettere errori. Non ti preoccupare, siamo abituati alle ore piccole. Uriel, ora sdraiati di fianco a Gaia e noi procediamo con l'indurti in coma a comando... Ti ho già spiegato come funziona, e sai che più di un certo tempo non puoi starci. Se farai ciò che ti ho detto, otterremo dei buoni risultati."

"Ok Enki, partiamo pure."

Uriel e Gaia vennero collegati simultaneamente con elettrodi a impulsi stimolatori. La tensione era alta, ma ognuno era pronto per il proprio compito.

"Perfetto." Enki si avvicinò al letto. "Uriel dorme... Samy, cosa vedi nello schermo?"

"È tutto nella norma e il battito del cuore è regolare. Tutto sta andando per il verso giusto, complimenti."

Venne monitorato costantemente e nessuno si mosse dalla propria postazione, guardando fuori di tanto in tanto per regolarsi e fare attenzione in modo da non procurare danni cerebrali.

Samy guardò nuovamente l'orario. "Ragazzi, è tempo di svegliarlo. È già un'ora che è in stato dormiente. Tutti pronti? Poco per volta inizieremo ad abbassare gli impulsi stimolatori e a risvegliarlo."

Uriel aprì gli occhi e in quel momento ci fu un grido di gioia da parte di tutti.

"Evviva! Ce l'abbiamo fatta! Lo lasciamo svegliare con calma e con pazienza aspettiamo che inizi a parlare."

Dopo un paio di minuti, Enki si avvicinò a Uriel. "Come ti senti?"

"Ciao... mi sento debole, ma sono qui tra voi."

"Riesci a raccontare? Sei riuscito a vedere qualcosa?"

"Datemi un altro po' di tempo e vi racconterò tutto."

"Sì, certo." Cesare annuì. "Prenditi tutto il tempo che ti serve. Ti lasciamo tranquillo e andiamo a preparare la cena. Ti aspettiamo giù in cucina."

Uriel era scioccato da ciò che aveva visto. Era incredulo e cercava di elaborare con calma. Si girò sul fianco, accarezzò Gaia e la guardò.

"Ma dove sei? Ciò che ho visto non lo capisco ancora, ma se realmente esistesse qualcosa al di sopra di noi, io verrò a prenderti ovunque tu sia... Questa è la mia promessa!"

Rimase ancora un po' abbracciato a sua moglie.

Cinque mondi
Si può esistere contemporaneamente in dimensioni e luoghi, in diverse realtà energetiche, racchiuse nel vetro apocalittico creando l'infinito.

MONDO CAOS
GOLDOR

Mezz'ora dopo, Uriel decise di scendere al piano di sotto per raccontare tutto ciò che aveva visto.

"Uriel!" esclamarono tutti.

"Ragazzi, sto bene... tranquilli. Sediamoci a tavola, e vi racconterò tutto."

Si misero a mangiare, e a un certo punto Uriel interruppe il silenzio,

"Sarete stanchi, immagino."

"Sì, un po'" rispose Cesare. "Ma siamo anche contenti e soddisfatti del risultato ottenuto. Vuoi dirci qualcosa?"

"Sì. E sinceramente ancora me ne devo capacitare... Sembra assurdo e strano... Ma vi dirò tutto perché ho bisogno di capire. So che mi crederete e questo almeno mi darà conforto. Inizierò con il dirvi che sembrava un sogno... L'inimmaginabile era nei miei occhi avvolto da colori... una scena come la si vede nei film, solo che la stavo vivendo io. Ero avvolto da una leggerezza, sembrava che la mia anima fosse fuori dal corpo... Non capivo, ero smarrito. Dopo aver attraversato questi colori mi sono trovato in un mondo non diverso dal nostro in cui viviamo, fatto di case, negozi, giardini e persone. Allora mi sono rivolto a un passante chiedendogli dove mi trovassi e come si chiamasse il posto. Mi rispose gentilmente che ero a Goldor. Sono riuscito a mantenere la calma solamente poiché Gaia è sempre nei miei pensieri e faccio questo per lei."

Uriel bevve un sorso d'acqua.

"La vita in questo mondo sembrava procedere in modo normale... Gente che andava a lavorare, chi faceva la spesa, chi beveva un caffè al bar con amici... Una cosa mi lasciò un dubbio tra le chiacchere di due passanti: parlavano che quella era un'epoca dove la tana del coniglio bianco stava rovinando la diversità tra il giorno e la notte. Sinceramente però non ho capito a cosa si riferissero. Improvvisamente mi sono sentito risucchiare e la cosa più sorprendente è che mi sono visto sbalzare fuori attraverso un quadro... Volete sapere di chi era il quadro?"

"Forza amico, non tenerci sulle spine!" esclamò Cesare.

"Era il mio. E quando mi voltai, notai altri miei quadri. Era assurdo. Mi avvicinai, poggiai la mano sul dipinto e in quel momento la vidi affondare dentro. 'Non ci credo, non ci posso credere! Ma cosa diamine è questa storia?' ripetei tra me e me. In quel momento mi sentii un folle, non avevo mai visto una cosa simile... eppure sono qui a raccontarvelo, e questo mi dà il coraggio e la spinta in più per tornare nuovamente a rifare tutto. Credetemi, c'è qualcosa oltre l'invisibile... e io posso confermarlo. Ciò che noi immaginiamo di sapere non è il contenuto della vita, ma è lo spazio dove tutto si produce."

Enki era affascinato dalle sue parole.

"Uriel, spiegati meglio! Ho letto molto la filosofia e quello che mi stai dicendo mi fa pensare che la prossima induzione sarà più lunga... E in quel momento ricordati bene che dovrai catturare le cose con il cuore e non con la mente. Mi spiego, devi rimanere in connessione con te stesso per non perderti mai. Vedrai che, se ascolterai ogni mio consiglio, riuscirai a captare la parte più intima di te per vedere la verità, e avere l'idea che l'amore vero è la connessione per accedere all'universo, e lì potrai trovare Gaia."

"Ci devi raccontare tutto ciò che vedi!" intervenne Samy. "Così facendo, tutti insieme potremmo lavorare bene al caso."

"Ragazzi, grazie infinitamente per ciò che siete e che fate per me e Gaia, e soprattutto per avermi dimostrato che credete in me e a tutto ciò che vi ho raccontato."

"Ricordati che domani il coma sarà più lungo." Enki gli posò una mano sul braccio. "E se ci renderemo conto che anche stavolta andrà bene, la durata dei prossimi sarà sempre maggiore."

Uriel si alzò in piedi e con manifestazione di speranza prese in mano il bicchiere di vino. "Vorrei fare un brindisi alla nostra Gaia!"

Si alzarono tutti urlando "A Gaia!"

"Questo è per te, mia amata! E che tu possa tornare al più presto a gioire con noi!"

Alla fine, anche quella giornata piena di emozioni terminò.

Man mano che i giorni passavano, i loro tentativi diventavano sempre più efficaci. Le induzioni di Uriel divennero più lunghe, riuscendo così a portare a conoscenza sempre più particolari. Era dunque arrivato il momento di farlo rimanere in coma per l'intera giornata.

Uriel non riusciva a stare fermo. "Ragazzi, oggi è il gran giorno! Sono pronto ad affrontare una nuova esperienza." Emozionato per i risultati che stavano ottenendo, sembrava che la faccenda fosse per lui ormai rientrata nella normalità. "Auguratemi buon viaggio!" si rivolse a tutti con un sorriso.

In un batter di ciglia si ritrovò catapultato nel posto che sperava.

"Fantastico!" Uriel guardava lo spettacolo che si manifestava sotto i suoi occhi non più increduli.

Ammirava con allegria giocolieri, funamboli, mangiafuoco e tutto ciò che di straordinario c'era intorno a lui. La curiosità si fece irrefrenabile e decise di chiedere a qualcuno cosa fosse tutto quello che vedeva.

"Mi scusi! Mi scusi!" Si avvicinò a un prestigiatore.

"Prego, mi dica pure..."

"Cos'è tutto questo?"

"Ah! Lei non è di questo posto?"

"No. Sinceramente no. Comunque piacere, io sono Uriel."

"Il piacere è mio, mi chiamo André. Se mi posso permettere di chiederle come mai si trova qui?"

"È una storia lunga... Mi creda, ci potrei mettere una vita a raccontarle tutto."

André sorrise. "Allora dovrebbe andare dietro l'angolo di quell'edificio. C'è una chiaroveggente che potrebbe ascoltarla tutto il tempo che vuole. Ora, se non le dispiace, vorrei continuare la mia serata, anzi, si diverta anche lei finché può..."

"Mi scusi. Alla fine non mi ha raccontato nulla di cosa sta accadendo qui."

"Ah... Giusto. Non sono un grande amante delle

chiacchere, però il mangiafuoco lo è. Lui sarebbe perfetto per questo. Le auguro una buona serata, e le chiedo scusa se le sono sembrato maleducato o scocciato... Ma le assicuro che non è così."

Lo salutò allontanandosi, ma in quell'attimo André gridò:

"Ehi! Il mangiafuoco si chiama Anton! In bocca al lupo!"

Uriel proseguì alla ricerca del mangiafuoco pensando, non sapeva dove cercare, ma qualcosa gli diceva che sarebbe apparso come per incanto.

Neanche finì di pensarlo, e lo ritrovò dietro alle sue spalle che gli gettava una fiammata in alto sopra la sua testa.

"Però, questa sì che è magia! Cercavo proprio lei!"

"Ah sì? Come mai?"

"Ho appena finito di parlare con un prestigiatore di nome André e siccome lui non è di tante parole mi ha detto che lei sarebbe stato disponibile. Quindi lei fa al caso mio perché avrei bisogno di capire un paio di cose, se non le dispiace..."

"La ascolto con grande piacere, però prima mi presento..."

"Il suo nome lo so già, quindi sono io che mi presento a lei, signor Anton... Piacere, mi chiamo Uriel."

"Ok, come posso esserle utile? Possiamo darci del tu?"

Tra loro due nacque subito una forte simpatia.

"Vieni, andiamo a berci qualcosa e ti dirò tutto ciò che voglio chiederti."

Davanti a una birra, Uriel riprese il discorso.

"Perché questo posto è diviso in due?"

"Vuoi dire di giorno in un modo e di notte in un altro? In questo mondo regna il caos. Siamo persone normali che lavorano, e che hanno anche voglia di lasciar fluire il mondo artistico che ognuno di noi possiede. Ma è un periodo storico non del tutto normale..."

"Non capisco..." Prese un sorso di birra.

"Inizierai a capire, ascoltami bene... Come ti dicevo, tempo fa era tutto diverso. Ora non siamo più liberi di manifestare ciò che siamo realmente, perché il caos sta cercando di distruggere sogni e obiettivi per qualcosa che viola le leggi del futuro scendendo nelle profondità oscure dell'inferno interiore e divorando le certezze facendole divenire un movimento contrastante dei pensieri di ognuno di noi."

"Scusa se ti interrompo, ma perché tutto ciò?"

"Per un progetto ciclico, visibile ma invisibile. Questo diventerà la gabbia dorata della psiche umana, ma noi non lo accettiamo. Vogliamo vivere nell'armonia senza catene."

"Se ho ben capito qualcuno o qualcosa vorrebbe il potere assoluto, semplicemente distruggendo la vostra libertà. Quindi voi di notte cercate di vivere in modo nascosto il vostro mondo interiore in questo luogo segreto?"

"Sì, è così." Anton poggiò il suo bicchiere sul tavolo.

"Per cui se vi scoprissero, cosa potrebbe accadervi?"

"Quello che ognuno di noi non vorrebbe perdere mai di caro... La propria dignità e libertà di qualsiasi diritto, senza mai divenire nessuno. Ma toglimi una curiosità... tu che ci fai qui?"

"È una storia lunga... ti dirò solo che sto cercando una persona a me preziosa. Mi hanno detto che c'è una chiaroveggente che potrebbe essermi d'aiuto."

"Chi, Nina?"

"In realtà non so come si chiami..."

"Sì, sì proprio Nina. L'unica in assoluto. Lei ti potrà sicuramente aiutare. Se vuoi ti accompagno... è una persona tanto cara, però sappi che è anche molto diretta nel dire le cose."

"Questo non mi preoccupa. Andiamo pure."

Dopo qualche minuto arrivarono davanti a un edificio di colore giallo con una porta ad arco al centro.

"Bene, eccoci arrivati. Entra pure in quella porta e dille che ti mando io. Io proseguo con la mia passione e, se non ci dovessimo più rivedere, ricordati del nostro incontro. Perché nulla è per caso. Buona fortuna."

"Grazie di avermi ascoltato, è arrivato per me il momento di proseguire nella mia ricerca."

Dopo una stretta di mano, Uriel entrò nell'edificio, spostò una tenda e vide che a far luce vi erano delle candele sparse un po' ovunque. Al centro di una stanza c'erano solo un tavolo e due sedie, ma non vide nessuno.

"Permesso? C'è qualcuno? Ehilà! C'è nessuno?"

Una voce proveniente dal buio mi rispose d'improvviso:

"Cosa desidera, straniero?"

"Mi manda Anton. Mi ha detto che lei potrebbe aiutarmi."

"Bene, la manda mio fratello."

"Non sapevo che lei fosse la sorella. Non me l'ha detto... So che si chiama Nina e che è una chiaroveggente come poche."

"Come sempre, Anton sa essere un perfetto lusingatore nei miei confronti. Prego, si accomodi pure e vediamo di cosa ha bisogno." Dal buio emerse la figura snella di una donna.

Uriel la guardò attentamente tra la luce soffusa delle candele e si alzò di scatto dalla sedia. "Gaia! Sei tu?"

"Scusi? Io non so cosa stia farneticando... ma le assicuro che il mio nome è Nina."

"Le chiedo scusa, ma lei assomiglia... Lasciamo perdere, non importa."

"Mi dispiace deluderla, ma io non sono chi lei crede. Comunque, scoprirò tramite queste foglie ciò che lei sta cercando, anche perché la vedo molto confuso e angosciato."

La chiaroveggente prese delle foglie, le sparse sul tavolo e chiese all'uomo di posare le mani sopra.

"Pensi intensamente a quello che desidera sapere e io leggerò le foglie del destino." Nina chiuse gli occhi per un attimo. "Ora tolga le mani e non parli, così non verrò distratta mentre mi preparo per la lettura." Sfiorò le foglie e iniziò uno strano rito che durò qualche minuto.

All'improvviso scattò in piedi. "Sconvolgente! Ma anche sorprendente... La vedo..." Aprì gli occhi e lo guardò. "È la storia d'amore più complessa ma anche la più vera che io abbia mai letto nelle foglie del destino, ma purtroppo chi cerchi non è qui... Ho visto tutto il vostro passato e ciò che è accaduto. Giace come se fosse morta in un letto, con lei sdraiato accanto... Vedo la morte e la vita, inconsapevole di un profondo sonno che risveglia la coscienza della propria anima, rendendola viva. Lei, invece, è morta ma allo stesso tempo viva, respirando l'energia del tempo sotto forma umana."

Gli occhi di Uriel, in quel momento, erano un fiume in piena.

Nina posò la sua mano su quella di Uriel. "Ti do del tu, perché nella sofferenza vorrei esserti amica. Ascoltami bene... so che è doloroso questo momento, e non sarà facile... devi affrontare ancora molti viaggi. Non posso dirti come fare, perché potrei modificare il tempo e se lo facessi, non me lo perdonerei mai. Devi andare via da qui e non tornare più... in questo posto non hai più niente da cercare. Buona fortuna e buon viaggio, straniero."

Uriel, in quell'istante, venne risucchiato come al solito dal risveglio. I suoi amici, vedendolo con le lacrime che solcavano il viso, se ne andarono, consapevoli ormai da giorni di come funzionava, lasciandolo da solo nel suo stato emotivo mentre, sfinito, si addormentava abbracciato a Gaia. Dopo una lunga attesa, Samy salì in camera e, vedendolo ancora addormentato, spense la luce, socchiuse la porta e tornò dagli altri.

"Ragazzi, avete notato che queste induzioni lo indeboliscono? Dobbiamo fare qualcosa."

"D'accordo, domani passerò in ospedale e chiederò a un collega se mi può procurare delle flebo" rispose Samy. "Non vi preoccupate comunque... Perché tutto questo è normale. Domani sarà un altro giorno e, dopo che avrà raccontato tutto, capiremo il da farsi."

Erano ormai diventati una grande squadra e con la loro tecnologia facevano un passo avanti giorno dopo giorno.

Uriel quella notte non riusciva a dormire e si rigirava nel letto. Nelle sue orecchie riecheggiavano le parole di Nina, "Ciò che cerchi non è qua", ma all'improvviso un pensiero gli passò per la mente: ciò significa che ci sono altri mondi? devo capire assolutamente!

Al mattino si svegliò presto, ormai il sonno era passato completamente. Si fece una tazza di caffè doppio e, giocando con il cucchiaino, preso da mille pensieri, non si accorse di fare rumore.

Cesare entrò in cucina.

"Buongiorno amico, hai intenzione di suonare con il cucchiaino tutto il giorno?"

"Scusami Cesare... ero sovrappensiero. Non mi sono accorto di fare rumore."

"Cosa c'è che non va? Ne vuoi parlare o aspettiamo gli altri?"

"Preferisco parlare quando saremo tutti insieme, perché la faccenda si sta complicando sempre di più. Ora vado a prendere delle brioches per la colazione, così ne approfitto per svagare un po' la mente."

Al suo rientro, gli amici erano già operativi.

"Buongiorno ragazzi. Ho preso qualcosa che ci dia la carica giusta, nel frattempo vi racconterò ciò che ho scoperto ieri così mi darete, come sempre, il vostro parere. Ormai, come ben sapete, sono giorni che vado in questo posto strano e lì ho conosciuto una chiaroveggente che somiglia molto a Gaia... Ma il punto non è la somiglianza, bensì il fatto di aver capito tramite ciò che ha detto, che ci sono altri luoghi o forse altri mondi."

Dopo aver raccontato per filo e per segno ogni cosa, ognuno disse la propria opinione. Arrivarono alla conclusione che bisognava ritornare ancora in quel posto cercando la chiaroveggente e facendosi spiegare come fare per andare in questi altri eventuali posti.

"Quindi mi consigliate di approfondire perché anche secondo voi c'è qualcos'altro?"

"Secondo noi sì" disse Cesare. "Le parole dette da Nina fanno capire questo, ma non ci vogliamo illudere. Quindi, ragazzo mio, si ritorna a viaggiare e che il cielo ci aiuti, perché, se così fosse, dovremmo trovare un sistema diverso e lavorarci su meticolosamente. Ma lo capiremo al tuo ritorno..."

"Siamo tutti pronti?" Uriel guardò i suoi amici.

"Come sempre!" Samy si alzò in piedi.

***

Uriel dunque si ritrovò nel posto che aveva lasciato.

"Perfetto. Fin qui hanno capito bene come fare, bravi ragazzi."

Ma quel giorno qualcosa sembrava diverso... C'era il nulla che lo attendeva.

"Cosa diamine succede? Perché ora questo luogo è deserto? Dove sono finiti tutti? Non devo farmi prendere dal panico... devo riflettere bene..."

Si mise al centro della strada guardando a destra e a sinistra. "Ehi, c'è nessuno? Mi sentite? Se sì, per favore, qualcuno può dirmi cosa sta accadendo?"

Dopo tanta disperazione, finalmente un uomo si

affacciò alla finestra di una casa.

"Ma lei è un pazzo! Cosa ci fa qui fuori? Se ne vada! E anche alla svelta se non vuole pagarne le conseguenze!"

"Mi scusi, ma di cosa parla?"

"Ma non vede che non c'è nessuno!"

"L'ho notato! Ma non capisco il perché e non andrò via da qui finché non saprò la verità!"

"Ok, ok, folle... Salga su da me che le spiego tutto, però poi deve sparire velocemente senza dire a nessuno che ci siamo visti." L'uomo richiuse la finestra.

Uriel non capiva. *Questo posto è un caos... La gente è impazzita o sta accadendo realmente qualcosa?* Aprì il portone e salì da quello sconosciuto gentile.

"Entri! Si sbrighi! Speriamo che nessuno l'abbia vista..."

Uriel si mise a ridere. "Ma mi sta prendendo in giro? Chi vuole che mi abbia visto? Non c'è anima viva in giro!"

"Questo è anche vero..." L'uomo si grattò il mento. "Sfortunatamente il governo di questo mondo ha ristretto la nostra vita... non possiamo uscire di casa. Siamo così da due giorni ormai... È un incubo..."

"Guardi, arriviamo al sodo. Non voglio essere scortese, ma io sto cercando Nina... Arrivo da molto lontano e ho un disperato bisogno di parlarle."

"Lei è mai stato da Nina?"

"Sì, certo."

"Bene. Ricorda dove ha lo studio? Nina abita proprio lì, dove pratica le sue faccende strane."

"Ok, grazie della sua ospitalità e della cordialità. Ci vado subito e mi scuso per il disturbo."

Andò via velocemente perché voleva risolvere al più

presto il problema. Arrivò sotto casa di Nina e bussò disperatamente alla porta, ma lei non apriva, aveva capito che quello straniero era lì per lei.

Allora Uriel iniziò a parlare ad alta voce: "So che sei lì dentro! Se non apri, griderò con tutto il fiato che ho in gola e non me ne andrò finché non avrò parlato con te!"

Nina, sfinita dalla cocciutaggine dell'uomo, aprì la porta. "La smetti di urlare, straniero testardo? Entra e mettiamo fine al tuo accanimento nei miei confronti!"

"Chiedo umilmente scusa... Non voglio essere petulante, anche se sinceramente sembro tale, ma ho bisogno del tuo aiuto per non tornare più in questo posto. Vado subito al punto. Mi hai fatto capire che ci sono altri mondi e ho la necessità di sapere come arrivarci."

"Sei perspicace. Vedo che hai afferrato il concetto, quindi vuoi viaggiare per raggiungere la tua amata Gaia, se non sbaglio, l'altra volta mi hai chiamato così. Te lo dico francamente: non mi mentire e collabora." Nina lo fece accomodare in salotto.

"Non ti sto minacciando, ma credimi, sono così disperato che sarei capace di rimanere tutta la vita sotto casa tua per una risposta!"

"Calmo! Calmo! Va bene, ti aiuterò, ma ho bisogno di mio fratello e del prestigiatore. Lui conosce bene il portale... io posso solo fare da tramite."

"Ti prego, cerchiamo di parlare con loro il prima possibile!"

"Non sarà facile, purtroppo... non vedi in che situazione ci troviamo? Chiusi in casa per qualcosa che non abbiamo ben capito! Ci siamo ritrovati a perdere tutto in pochissimo tempo, ma prometto che ti farò andare via da qui al più presto."

"Grazie di cuore! La cosa positiva è aver avuto la fortuna di incontrare le persone giuste, perché a quanto sto capendo, avrei vagato senza una meta per chissà quanto tempo ancora."

"Ah, questo lo puoi dire forte! Chiamo subito mio fratello."

Quindi prese un oggetto strano, lo poggiò sull'orecchio e senza aprire bocca si mise in contatto con Anton, quasi sembrando connessa telepaticamente.

Uriel rimase sbalordito.

"Mi stai prendendo in giro?"

Lei con una mano gli fece cenno di stare zitto e a quel gesto non poté far altro che rispettare, aspettare e capire. Dopo il silenzioso contatto avvenuto, la donna si avvicinò.

"Sei proprio una persona impaziente! Ma da dove arrivi, dalla preistoria?"

"Scusa... ma se non ti sento pronunciare parola, cosa dovrei pensare?"

"Almeno pensa in silenzio visto che ti sto aiutando, che dici?"

Lui si vergognò per un attimo e abbassò lo sguardo in segno di approvazione.

"Bene!" Nina sorrise. "Noto che hai capito! Ora possiamo andare d'accordo. Fidati di me."

Uriel in quel momento posò l'occhio su una foto. Si avvicinò per vedere meglio da vicino.

"Scusami se sembro indiscreto... Ma chi sono queste due persone ritratte su quest'immagine?"

Nina fece un sospiro.

"Erano i miei genitori. Sono venuti a mancare un anno fa in un incidente stradale... Quel giorno stavano andando a un seminario per mostrare la realizzazione di un loro progetto che avrebbe cambiato il futuro per molti, invece sfortunatamente il destino fu avverso. Erano genitori straordinari, entrambi specializzati in informatica forense e inventori di dispositivi all'avanguardia. Per l'appunto, l'oggetto che ho usato per contattare mio fratello senza parlare." Nina sospirò.

"Posso saperne di più?"

"Sì certo, ma prima toglimi una curiosità... Perché guardavi la fotografia con occhi sgranati? L'ho notato e non era uno sguardo di sola curiosità."

"Hai ragione. Ti spiego subito. I tuoi genitori somigliano moltissimo a due amici che mi stanno aiutando a fare uscire mia moglie dal coma procuratasi tramite autoipnosi dopo quella maledetta litigata fra noi."

Uriel raccontò tutta la storia in modo che la veggente potesse capire di più.

Lei lo fermò, il viso era bagnato dal pianto. "Quello che mi hai raccontato tocca le corde dell'anima e mai avrei pensato di vivere un qualcosa di così arcano nella mia vita, nonostante il mio dono. La somiglianza tra me e tua moglie... i miei genitori e amici... mi fanno pensare a una sola cosa. Si chiamano universi alternativi, ne hai mai sentito parlare?"

"Vagamente. E onestamente non mi sono mai interessato. Ma da quando sto vivendo l'impossibile, credo che nulla lo sia più."

"Vieni con me Uriel, ti mostrerò qualcosa che ti aprirà la mente. Io e mio fratello abbiamo voluto tenere segreto tutto per paura che capitasse in mani sbagliate."

Si alzò, raggiunse la parete dietro di loro, spostò un quadro e posò la mano sul muro, aprendo così un piccolo varco. Lì dentro, nella penombra, c'erano pile di fogli e pergamene.

Nina prese un foglio ampio e arrotolato e si sedette per terra. "Ora vieni qui al mio fianco. Ti mostrerò il progetto mai realizzato. Hai una buona memoria visiva?"

"Sono un artista. Dipingo quadri. Per cui direi proprio di sì."

"Perfetto... questo è il disegno dell'oggetto che ti ha sbalordito. Tieni tutto ben in mente, potrà essere utile ai tuoi amici."

Si aprì la porta di casa ed entrò Anton.

"Ciao fratellone! Com'è la situazione fuori?"

"Lasciamo perdere..." Anton sbuffò. "È un caos... La gente sta manifestando per i diritti sulle libertà. Siamo in una situazione a dir poco surreale."

"E André, non è con te?"

In quel momento suonarono alla porta.

"Ma guarda un po'!" Nina si alzò. "Si parla degli angeli e spuntano le ali! Dai... entra... Ti stavamo aspettando. Senza di te non possiamo aiutare lo straniero!"

"Caspita! Così mi fai sentire importante!" Sorrise.

Nina si voltò verso Uriel. "Se non ti dispiace, vorrei parlare con loro in privato... tu aspettaci pure in salotto."

Si spostarono in cucina. Anton guardò la sorella. "Come possiamo aiutarlo? Che intenzioni hai?"

"Ragazzi, vi siete mai chiesti come ha fatto ad arrivare nel nostro mondo?"

"Sinceramente non ci siamo mai posti questa domanda." André scosse il capo. "Cosa vuoi dire con questo?"

"Non lo avete ancora capito? Ricordate il portale che abbiamo scoperto tempo fa? Era lo stesso periodo delle sue visite in questo posto."

"Hai ragione! Ora che mi fai riflettere, sorellina mia, la cosa combacia perfettamente."

"Ragazzi, cosa ne dite allora? Lo aiutiamo a proseguire questo viaggio?"

Si misero d'accordo e andarono da Uriel che era seduto sul divano.

"Caspita ragazzi... Ce ne avete messo di tempo! Vi ispiro così poca fiducia?"

"No, anzi... Al contrario! Abbiamo deciso di aiutarti" rispose Anton.

Uriel era al settimo cielo. "Grandioso! Andiamo!"

La manifestazione quel giorno fu di aiuto per potersi muovere senza destare sospetto. Poco dopo arrivarono su una collinetta.

"Eccoci arrivati, ragazzi!" Uriel li guardò con un sorriso. Il fascino magnetico che si manifestò sotto i loro occhi gli tolse il respiro per un attimo.

Nina spalancò la bocca. "Ma come hai fatto!"

"Non ho fatto niente, sono stupito quanto voi. Mai avrei pensato di trovarmi davanti a uno scenario simile."

"Ok ragazzi." André si guardava intorno. "Abbiamo visto tutti che prima c'era un solo quadro, e ora sono molti di più. Dobbiamo dare un senso a ciò che stiamo vedendo e capire qual è la via più semplice cercando di concepire la connessione l'uno con l'altro... Un po' come un gruppo di bolle di sapone separate, dove gli osservatori sono all'interno di una bolla ma non possono interagire con quelli all'interno delle altre bolle. Quindi ciascuna bolla è un universo a sé."

"Caspita!" esclamò Anton. "Ora sì che abbiamo risolto l'enigma con il tuo semplice esempio!"

Nina appoggiò la mano sulla spalla del fratello.

"Invece è più semplice di ciò che credi. Fate ciò che vi dirò e il nostro amico passerà oltre. L'unica cosa che non potrò garantire è il luogo in cui andrà. Uriel, tu vai vicino a un quadro tenendo sempre bene a mente luogo e ora. Lo toccherai e così facendo aprirai un portale. Questo ti permetterà uno spostamento immediato ogni volta che lo vorrai. Ti chiedo solo di non scordarti mai di noi... Anton, André, datemi le mani. Dobbiamo creare energia mentre io farò un rituale."

Una luce eterea avvolse Uriel, con un'aria vibrante di energia magica facendolo svanire all'istante. E con lui anche la magia che regnava dentro quel tempio abbandonato, vicino a un fiume che fluiva attraverso il paesaggio. I ragazzi, contenti del risultato ottenuto, colsero un fiore e lo posarono per terra in ricordo di uno straordinario percorso fatto insieme, dove la traccia lasciata sarebbe rimasta indelebile.

Il giardino dell'anima
Fermo immobile in modo non reale ma in eterno movimento.
L'infinito, l'eternità, l'immortalità, perfezione ed eleganza in chi
ha appreso l'arte della conoscenza. Chinandosi adempie in modo
sublime al proprio io interiore, visibile e invisibile,
cristallizzando una proiezione tra vero e falso.

MONDO INVISIBILE
METAXU

Una pioggia di ferro sembrava trafiggergli la carne. Si guardò le mani e le vide dissolversi piano piano, la paura stava prendendo il sopravvento.

Una voce sicura attraversò i suoi pensieri. "Uriel! Devi affrontare le tue paure, l'ignoto ti potrà divorare e sparirai per sempre. Devi saltare!"

Il buio e il nulla erano intorno a lui.

"Dove? Vedo solo oscurità!" rispose.

La voce allora si fece più determinata. "Salta! È la tua mente a non farti vedere oltre! Visibile e invisibile cristallizzano una proiezione da cui fluisce una realtà tra ciò che è vero e falso!"

Uriel ascoltò la voce e saltò.

Si ritrovò assopito in un verde prato. Il lieve venticello faceva muovere i fili d'erba che accarezzavano il suo volto per un dolce risveglio. I fiori danzavano emanando la melodia di un profumo dolce.

Con la vista annebbiata vide una sagoma e con voce debole chiese: "Sono morto?"

"Diciamo che la non morte attraversa l'anima e può essere la gabbia dorata per la psiche umana. Quindi, no" rispose la voce.

"Allora dove sono?"

"Per scoprirlo devi esultare, contemplare e aprire gli occhi per guardare l'immenso che c'è nel mondo invisibile."

Aprì gli occhi lentamente, rimase incantato da tanta bellezza. Il paesaggio era una poesia tra il romantico e il pittoresco, tutto sembrava un dipinto: la natura, i colori, le presenze di luce, gli angeli che volavano liberi nel cielo. Si mise seduto e vide che la voce aveva un volto.

"Papà, papà! Ho desiderato tanto questo momento! Non ci posso credere... è meraviglioso! Come tutto lo è qui!"

Suo padre lo strinse forte a sé.

"Vieni, figlio mio, non hai ancora visto niente. Affronteremo un bel viaggio insieme, ti mostrerò il tempo dormiente dove al risveglio nulla sarà uguale. La morte sarà la vita, vedrai la rinascita della tua anima rendendola viva. In un solo regno ci sono più posti e qui sei nel mondo degli invisibili dove regna l'amore vero, la pace assoluta, e dove ogni essere ha un suo compito da svolgere. Andiamo, ti farò capire una cosa straordinaria."

In un istante si trovarono dentro una gabbia di vetro piena di fiori dove in ogni fiore c'era la vita che stava per nascere o morire.

"Lì dentro c'è il destino di ogni piccolo essere vivente. Ora avvicinati, guarda questi fiori, ma non li toccare perché le tue mani potrebbero danneggiarli."

Uriel era un mix di emozioni tra lo stupore e l'incredulità di ciò che gli si presentava davanti agli occhi.

"Padre, vedo la nascita di un bambino, però nel fiore che lo affianca vedo la morte di un altro bambino. Però aspetta... è sempre lo stesso! Non capisco..."

"Capirai... Questa famiglia aveva un figlio malato che stava per morire, hanno fatto l'impossibile per tenerlo in vita ma quando hanno capito che non c'era più nulla da fare, hanno deciso di staccare la spina per poter dare la vita a un altro. La vita e la morte sono la stessa cosa, sono entrambe un'unica essenza, cioè l'anima. Perciò è giusta l'osservazione che hai fatto, è la stessa creatura. Questo ti servirà per non cadere nel baratro della disperazione nei tuoi viaggi difficili che ancora dovrai affrontare. Figlio mio, Gaia non è qua, io so tutto, ma posso solo aprire la tua mente per aiutarti nel tuo cammino. Ora andiamo, ci sono ancora tante cose divine da osservare in questo posto incantato."

"Papà, mi sei mancato tanto."

Un abbraccio grande e pieno di vita li trasportò in un luogo dove degli esseri alati erano in cerchio vicino a una fontana. Attraverso l'acqua vedevano ciò che accadeva su un altro mondo, per poter agire velocemente e salvare delle vite in pericolo.

"E questi cosa sono?" Uriel indicò gli angeli. "E che ruolo svolgono?"

"Caro il mio uomo, ci sono degli angeli custodi per ogni persona che danno protezione. Loro sono questo. Poi ci sono gli esseri di luce che offrono doni e la consapevolezza di conoscenze antiche e quelli come me che donano la speranza. Qui ognuno svolge un ruolo fondamentale. Ora però devi tornare dai tuoi amici, è da tempo che non li vedi e che non li aggiorni, ma devi ritornare da me perché voglio farti vedere ancora molto e insegnarti la via del non ritorno. Va da loro e non scordare il progetto che hai in memoria, servirà per il prossimo viaggio quando avrai finito questo con me. A presto figlio mio..."

Uriel si risvegliò come sempre a fianco della sua amata e con i suoi amici che lo attendevano con ansia.

"Bentornato caro amico!" Cesare si avvicinò al letto. "Il viaggio è stato lungo e di cose da raccontare credo che questa volta ne avrai fino a domani, altro che ore, ma siamo sempre felici del tuo ritorno a casa."

Uriel passò dei giorni con loro raccontando tutto e fornendo anche lo schema che gli mostrò Nina.

"Enki, Samy, questo è il progetto, potrà servire per comunicare telepaticamente. Credo in voi e so che ci riuscirete!"

Samy si voltò verso il marito. "Credo che sia arrivato il momento di far venire qui Chris, lui e io in questo campo facciamo miracoli."

Senza perdere tempo lo chiamò per dargli la bella notizia.

"Amici, io tra qualche giorno mi rimetterò in viaggio e sono certo che al mio ritorno avrete per me notizie nuove come le avrò io per voi" affermò Uriel.

"Sai, più ci penso e più sono felice che hai visto tuo padre" disse Zoe. "Attraverso i tuoi viaggi stiamo vivendo esperienze che mai avremmo pensato esistessero. Enki e sua moglie vorrebbero parlarti, sono rimasti sconvolti e stupiti dal racconto della foto che hai visto a casa di Nina. Va da loro... io e Cesare nel frattempo andiamo a fare una passeggiata."

"Enki, Samy... Mi dispiace se vi ho turbati. Non era mia intenzione."

"No, affatto Uriel, tranquillo! È solo che la nostra bambina è morta all'età di tre anni per una malattia rara e il tuo racconto basato sulla foto ci sta facendo riflettere molto... E sinceramente crediamo nell'esistenza dei mondi paralleli. Sembra che combaci tutto, per cui vogliamo andare fino in fondo. La tua esperienza è per noi fonte di conoscenza su tante cose e a dire il vero, te ne saremo grati in eterno."

"Io sono tornato da voi e anche se la mia assenza dovrà durare per giorni, voglio che stiate tranquilli. Mio padre Luigi mi sta aspettando ancora, quindi ho deciso di ripartire domani. Chiedo scusa se non resto altro tempo ma devo trovare Gaia al più presto... so che anche lei ha bisogno di me."

"Non ti preoccupare, capiamo benissimo e siamo con te per ogni decisione che prenderai. La tua felicità è la nostra."

Uriel vide i due amici rientrare. "Ben tornati ragazzi, come è stata la passeggiata? Oggi è una bella giornata primaverile ed è veramente piacevole uscire. Cosa ne pensate se prendiamo una pizza per cena?"

"Perfetto Uriel! Anche perché io e Zoe è da tempo che non ne mangiamo!"

"Quindi è fatta. Pizza per tutti! Vado a prendere anche

del gelato, chi viene con me?"

"Ovviamente io!" Cesare affiancò l'amico.

"Bene, allora che stiamo aspettando? Andiamo!"

Appena fuori casa, Samy uscì di corsa verso di loro.

"Ragazzi, aspettate! Posso invitare il mio amico Chris?"

"Certo cara! Ci mancherebbe!"

Quella sera tutti ne approfittarono per godersi un po' di relax. Era da tempo che non si sentivano così leggeri.

"Penso che quando finirà, ci mancherà tutto questo." Uriel sospirò.

Si voltarono di scatto verso di lui.

"Caspita!" esclamò. "Che lance di fuoco i vostri sguardi! Così mi bruciate!"

Scoppiarono tutti a ridere e la serata si concluse con tanta serenità nel cuore.

***

L'indomani era pronto per incontrare nuovamente il padre e, come era solito fare, salutò tutti e se ne andò.

"Ti stavo aspettando, figlio mio. Sei pronto per una nuova e affascinante esperienza su Metaxu?"

"Dove siamo?" chiese Uriel.

"Questo luogo si chiama Metaxu, figlio mio."

"Padre, devo farti una confessione: avevo dimenticato la tua voce, e spesso me ne sono rammaricato, chiedendomi il perché."

"Mi hai dimenticato con la mente o col cuore?"

"No, non è così" replicò Uriel.

"E allora non pensarci; i pensieri bui offuscano la ragione, tradiscono e ingannano. Il regno era sospeso tra il cielo e la terra, invisibile all'occhio umano. Boschi incantati, fatine, fiori giganteschi, ruscelli d'acqua limpida e farfalle variopinte che lo circondavano."

Poteva percepire attraverso il pensiero, le sue emozioni lo avvolgevano con una sensazione di pace e spensieratezza.

Vorrei rimanere qui per sempre, ma so che non posso, pensò dentro di sé Uriel.

Arrivarono davanti a un enorme cancello.

"Cosa ci facciamo qui e cosa c'è dietro?" chiese Uriel.

"Appena apriremo, lo vedrai" rispose il padre.

Quando il cancello si aprì, Uriel spalancò gli occhi.

"Che spettacolo!"

Una grande fortezza d'avorio si palesò sotto i suoi occhi.

"Perché siamo qui?"

"Sei disposto ad affrontare i tuoi demoni più profondi, figlio mio?"

"A cosa mi servirà?"

"È un viaggio interiore, ma se non ti senti all'altezza, non sei obbligato a farlo. Lì dentro, affronterai le tue angosce più profonde e sperimenterai una trasmutazione. Sono pochi quelli che sono usciti ricordando. Se perderai la memoria, significa che non sarai degno di proseguire."

"Sono pronto, e sarai fiero di me."

"Lo sono sempre stato."

Uriel entrò e si ritrovò subito al timone di una grande barca.

"Sono confuso. Non capisco. Dove devo andare?"

Un gruppo di demoni enormi, con denti acuminati, lo guardava.

"Ciao, Uriel! Abbiamo fatto un patto con te, ricordi? Se continuerai a vagare senza meta, rimarremo qui a farti compagnia per l'eternità." Una risata malvagia riecheggiò.

Lo minacciarono in tutti i modi per incutergli paura. I loro ricatti e le loro accuse innescavano sensi di colpa. L'animo di Uriel era agitato, una tempesta interiore lo tormentava.

"Ma cosa credi di fare? Non ce la farai mai" continuarono a urlare i demoni. "Scorderai chi sei, affonderai nel buio del tuo abisso interiore, raschierai il fondo con le unghie piene di sangue mentre soffocherai nelle tue incertezze."

Un turbinio di emozioni contrastanti lo stavano per divorare. Il volto di Gaia apparve nei suoi pensieri con un sorriso angelico, e con voce dolce sorridente gli sussurrò:

"Per sempre, e oltre, anima mia."

"Ma cosa stai facendo! No, no, no!" urlarono i demoni.

Uriel prese coraggio, girò il timone velocemente facendo ribaltare la barca e si ritrovò faccia a faccia con suo padre.

Il padre sorrideva compiaciuto. "Non avevo dubbi, ma dovevi farlo per non scordare mai chi sei."

Padre e figlio trascorsero il tempo come se il tempo non esistesse, finché arrivarono davanti a un enorme quercia secolare. Il padre tirò fuori una chiave.

"Prendila e apri."

"Ma io non vedo né porta né serratura."

"Allora chiudi gli occhi e ferma i pensieri, perché non ti aiuteranno a percepire l'energia. Poggia la mano in qualsiasi punto dell'albero, io ti aiuterò a inserire la chiave per poter vedere oltre."

L'apertura fu travolgente e inaspettata. Uriel venne immerso in numeri e libri volanti.

"Oh, stupore divino! Ma come è possibile?"

"La mente è un modello unico che ti porterà a scoprire la tua più antica capacità e a usarla" rispose il padre. "Prendi un libro e apri una pagina qualsiasi."

Uriel fece ciò che il padre gli chiese. "Ora cosa devo fare?"

"Leggi, solo così potrai scoprire il suo potere."

Immerso nella lettura, Uriel si ritrovò sdraiato a pancia in giù con le mani nell'acqua di un ruscello.

"Ora capisci quello che ti volevo dire?" chiese il padre.

"Cosa sono queste piccole pietre?"

"Sono lacrime sotto forma di perle. Bianche di purezza ed empatia, rosse di chi si è macchiato del sangue altrui e nere di chi non potrà mai trovare la pace nel cuore."

Uriel sentì un tremore sotto le gambe e fece per alzarsi.

"Padre, cosa sta succedendo? La terra si sta muovendo!"

Si udì una voce: "Chi osa svegliare il mio dolce sonno?"

Uriel guardò in basso. "Non sapevo di essere su una enorme tartaruga. Scendo immediatamente."

"Stai pure tranquillo sulla mia corazza. Visto che sono sveglio, ti porterò a fare un giro dentro queste splendide acque."

In un istante, suo padre era a fianco di Uriel. Quest'ultimo non si stupiva più di niente, quindi non chiese nemmeno come ci fosse riuscito.

La saggia tartaruga si muoveva dolcemente. Uriel, esterrefatto, si sforzava di non disturbare il suono delle dolci note che riempivano l'aria. Nella sua mente, si chiedeva il motivo del cambiamento di colore dell'acqua, dimenticando che potevano comunicare senza bisogno di parole.

La tartaruga lo percepì.

"Il cambiamento avviene in base alle emozioni, attraverso il pianto antico di ogni anima pentita; tanto dolore ha donato questo intenso incanto. Piangendo copiosamente, ogni stilla si trasforma in perla, e io ne sono il custode. Godiamoci il momento e assaporiamo questa meravigliosa cornice."

Le nuvole vagavano qua e là, mentre pesci muti con un velo luminoso formavano un letto per abbracciare tanta perfezione. Questo cammino esprimeva il flusso delle emozioni.

"Eccoci arrivati a destinazione, ora potete proseguire senza di me."

Scesero dal dorso della tartaruga.

"Andiamo di qua, figlio mio."

Percorsero il sentiero dello spirito, un labirinto con un'immersione intensa tra natura e piccole cascate. Tutto sembrava animato, come se fosse vivo, rendendo l'orientamento complicato ma allo stesso tempo intrigante e divertente. Padre e figlio erano consapevoli che questo passaggio fosse d'aiuto per l'unionetra l'uomo e la divinità, misteriosamente permeabile.

Il maestoso labirinto si aprì, svelando la vista di un villaggio suggestivo e luminoso, carico di spiritualità. Una tribù di santi attendeva il loro passaggio. Entrarono in un campo di energie astrali; Uriel si guardò intorno timidamente, preoccupato che il suo sguardo potesse contaminare quella purezza. Si avvicinò a una dolce fanciulla che dipingeva con eleganza su una tela di cristallo.

"Posso chiederle cosa sta dipingendo?"

Con voce angelica, la fanciulla rispose: "Sto dipingendo la trasparenza dell'amore. Vieni a provare."

Con grazia, le donò un pennello dorato con setole fatte di capelli d'angelo. "Prego, dipinga pure."

"Santa divinità! Come posso colorare con dei capelli su una tela così trasparente?"

"Contemplando i recessi dell'anima." Il corpo di quella dolce creatura irradiava un alone luminoso di colore viola.

"Come mai così giovane si trova in questo luogo?" chiese Uriel.

Un vecchio saggio si avvicinò. "Inizia pure la tua opera, resta in piedi e lasciati trasportare dal racconto, lo scoprirai."

In una famiglia altolocata vivevano due bambine, Alu di dieci anni e la sorellina Dalia di sette. Entrambe erano molto umili, a differenza dei loro genitori, presi dalla brama per la vita materiale. I genitori avevano affidato le loro figlie alla nutrice sin dalla nascita, senza preoccuparsi di chi realmente ella fosse.

Mentre Uriel ascoltava la storia, le sue mani iniziarono a muoversi da sole, come fosse in uno stato di estasi.

I vizi e la lussuria avevano reso di pietra il cuore dei

genitori, mentre le loro due bellissime creature vivevano in silenzio e sofferenza.

La ruggine aveva corroso l'anima della nutrice, innamorata del suo padrone. L'amore morboso e non corrisposto fu l'obiettivo di angeli caduti su un terreno ormai arido. La collera veemente, la portò a pianificare per anni la sua vendetta, culminando con il parto della più diabolica ritorsione: avvelenare le bambine una goccia al giorno, facendo spegnere lentamente le loro vite e rendendole sempre più deboli e pallide.

Una notte, la madre delle bambine si svegliò di soprassalto per un sogno così potente che le trafisse il cuore con una freccia d'argento. Si ritrovò in un bagno di sudore, incapace di capire il significato di quel sogno. Per tre volte consecutive, lo stesso sogno richiamò la sua attenzione, finché l'istinto materno si risvegliò in lei. Decise di trascorrere una giornata da sola con le sue figlie nella natura.

La felicità che provarono le figlie in quel momento fu un grande miracolo per loro. Pronte per uscire con la madre, entrambe avvertirono improvvisamente un intenso dolore allo stomaco che le fece piegare sulle ginocchia esili.

"Non capisco cosa stia accadendo." La madre le guardava preoccupata. "Come mai siete così pallide e magre?"

Le bambine, piangendo, implorarono: "Madre, aiutaci, fa troppo male."

Per la prima volta, la donna si preoccupò davvero per loro e le portò urgentemente dal miglior medico. Il giudizio clinico fu severo: avvelenamento. Il medico pensò persino di denunciare la madre, ignaro della verità dei fatti.

La donna disperata afferrò il braccio del medico e lo bloccò. "Dottore, non sono mai stata una madre presente con le mie bambine, lo ammetto. Ma francamente parlando, non avrei mai potuto compiere un gesto simile. Le ho affidate nelle mani della nutrice sin dalla nascita."

Il medico la interruppe. "Signora, sua figlia minore ha bisogno di un trapianto con urgenza. Il tallio è uno dei veleni più potenti, distrugge reni, cuore, pancreas e polmoni."

La donna sentì mancare il terreno sotto i piedi, mentre un fuoco ardente la bruciava dall'interno. Con la coscienza pesante, iniziò a vivere le sue pene e si inginocchiò impotente ai piedi delle sue figlie, implorando perdono.

Il dottore si avvicinò alla porta. "Signora, venga fuori, devo parlarle."

In quel momento, Alu prese la mano della madre. "Non andare, il dottore può tranquillamente parlare anche in nostra presenza. Abbiamo il diritto di sapere tutto."

Il medico, sbalordito dalla maturità di una bambina di soli dieci anni, rimase lì e iniziò a spiegare ogni singolo dettaglio. Nel frattempo, arrivò di corsa anche il padre delle bambine, spalancando la porta di colpo.

"Papà!" gridarono le figlie.

"Cosa abbiamo fatto?" L'uomo guardò la moglie. "Come abbiamo potuto farvi questo? È imperdonabile."

Il medico intervenne, arrabbiato: "Per amore di queste due creature, smettetela. Ormai è tardi per piangervi addosso. Ascoltatemi. Intanto abbiamo fatto arrestare la governante, ma rimane il problema più grosso. Non riusciamo a trovare nessun donatore, e questo significa morte certa."

Fu allora che Alu iniziò a parlare: "Madre, padre, dottore, vorrei essere io la donatrice per mia sorella. Perché dobbiamo morire entrambe? Almeno se lei vivrà, io sarò dentro di lei e con lei."

L'amore tra queste due sorelle era profondo e incondizionato.

Il medico, sempre più incapace di credere a tanta saggezza, decise così di procedere con il prelievo del sangue e tutti i test necessari per capire se fossero compatibili. Il tutto venne fatto con molta urgenza, e gli occhi del medico si spalancarono nel vedere che erano compatibili. Si mise le mani tra i capelli e pensò: *tra poco sarai un angelo, piccola mia. In questi momenti, vorrei essere solo un umile contadino, pur di non vedere quanto crudele possa essere la vita.*

Quando arrivò vicino alla stanza di quelle meravigliose creature, fece un grosso respiro e aprì la porta per dare la brutta notizia.

"L'esito è positivo, vostra figlia può essere la donatrice."

Alu trovò conforto nell'idea che il suo sacrificio avrebbe permesso a sua sorella Dalia di vivere quel paradiso che ogni fiore ha il diritto di possedere. Aveva capito che la madre possedeva due fiori, e che senza il giardino dell'anima, non avrebbe mai potuto nutrirli.

La piccola si spense all'età di dieci anni e il giorno in cui lasciò il suo corpo il cielo era tripudio di colori e aloni di luce.

Il dottore, riconoscente per il suo silenzioso eroismo e il dono della vita che le aveva permesso di salvare sua sorella, come ricordo fece scrivere una dedica nella stanza per la piccola Alu:

L'amore è l'anima, e la tua anima non muore. Vivi per noi,
Angelo Alu.

Mostrando che l'amore e il sacrificio sono sempre le forze più potenti del mondo.

Le tante lacrime di vero pentimento di una madre straziata dal dolore caddero nel fiume della saggia tartaruga. La tartaruga le accolse, riservando così alla fanciulla il dono più bello, il tempio per la sua anima, facendo di lei un'arte vivente e trasformandola in una giovane santa.

Nel frattempo, il dipinto di Uriel materializzò due fiamme gemelle, formandone una sola. Tale avvenimento fu così raro che immediatamente questo capolavoro venne sigillato in una campana di cristallo.

"Caro Uriel" disse il vecchio saggio, "non dimenticare, perché l'essere è l'anima del tempo stesso."

Con queste sagge parole, Uriel svanì nella nebbia, trovandosi inabissato in un grande quadro marino. In pochi istanti venne risucchiato da un potente vortice, che lo trascinò sempre più in basso con incredibile violenza.

Arca della conoscenza
Sono il tempo dormiente. Scivola sul ghiaccio della tua
profondità interiore, dormi attraversando il sonno profondo delle
vie intersecate dal movimento contrastante. L'eterna clessidra
dell'esistenza viene capovolta e il tuo cordone energetico crea la
metamorfosi.

MONDO ALIENO
URIBIN

Nel frattempo, l'orrore si impadronì del suo corpo, sperimentando uno stato d'animo particolare, tra terrore e curiosità. Folle di paura e scarico di forze, non poté fare altro che vedere fino a dove quelle potenti luci di colore bluastro lo avrebbero condotto, rimanendo così vigile tutto il tempo.

Si aprì un'enorme porta di metallo, mentre degli esseri alti più di due metri lo aspettavano. Venne subito immobilizzato. Di fronte a lui c'erano altri tre umanoidi con pelle verdastra e glabra, dotati di una testa imponente, occhi grandi, neri e privi di pupille, dove ti ci potevi specchiare. Il naso era appena abbozzato, avevano arti esili. Cercavano di usare il controllo mentale.

Uriel era paralizzato dalla testa ai piedi, poteva muovere solo gli occhi a destra e a sinistra. Rigido e immobile, venne trasportato mediante una forza che contrastava la gravità, levitava attraverso un lungo corridoio in vetro trasparente. Con la coda dell'occhio riusciva a vedere una colossale megalopoli molto evoluta: oggetti volanti, esseri alati e una figura dorata con sembianze tra l'uomo e il volatile, con un'ala bianca e una nera, lo seguiva dall'esterno per catturare la sua attenzione. Uriel, nel silenzio, si tormentava con domande.

Ma che pianeta selvaggio sarà mai questo? Cosa vorranno da me questi mostri? E l'uomo-uccello, perché non smette di fissarmi? Questa volta sono veramente finito male. Per uscirne fuori, mi ci vorrà un miracolo.

Si aggrappava con tutte le sue forze agli insegnamenti appresi durante i viaggi precedenti.

Nel frattempo, i suoi amici lavoravano al progetto.

"Chissà dov'è in questo momento il nostro caro amico?" si chiese Cesare.

"Speriamo che se la cavi, ovunque sia" rispose Zoe. "Chris, Samy, a che punto siete con il programma?"

"Manca poco ragazzi, solo che questi temporali strani non aiutano a velocizzare il lavoro. Visto e considerato che la corrente va e viene, inizia a essere snervante questo tempo assurdo, non ci voleva proprio, francamente."

"Sembra quasi che l'universo stia manipolando la natura." Samy guardò fuori da una finestra.

"Prendi un trancio di pizza." Cesare guardò Zoe. "Ti aiuterà a staccare un attimo. Forse sei anche stressata e tesa, dovresti riposare un po'."

"Grazie, caro. Sei dolce a preoccuparti, e sinceramente hai ragione. Stiamo lavorando senza tregua, tanto da perdere anche la cognizione del tempo. Siamo fortunati che riusciamo ancora a chiudere gli occhi e ad addormentarci."

"Avete ragione ragazzi." Cesare annuì. "In questo periodo di lunga assenza da parte del nostro amato Uriel, per quanto grande sia diventata la preoccupazione nei suoi confronti, abbiamo scordato noi stessi. Quindi, se ci vogliamo fermare, io sono d'accordo."

Un boato interruppe Cesare.

"Ragazzi, correte a vedere!" gridò terrorizzata Zoe. "Guardate il cielo! Questi dannati fulmini sembrano fare la lotta l'uno contro l'altro. Che sia un segnale per farci capire che Uriel è in pericolo e ha bisogno di noi?"

Ci fu un silenzio improvviso da parte di tutti, mentre un fulmine fatale scagliò la sua ira tanto da dividere in due parti un pezzo di terreno della loro abitazione, lasciandoli increduli di fronte a ciò che avevano appena visto.

Ignari di tutto, non capivano che nel frattempo, questi mondi a loro sconosciuti, stavano subendo una mutazione da parte di esseri molto potenti ed evoluti, con l'intenzione di unire cinque mondi in uno solo.

Uriel, intanto, venne chiuso in una stanza, con solo una luce sopra la testa e nient'altro. Ma non era solo, questo lo intuiva, anche se tali esseri avevano un velo di mistero.

La voce si spezzò in gola, sentì la rabbia crescere, fece una lunga pausa e con tutto il fiato che aveva, tirò fuori un urlo straziante, tra lo sfogo di disperazione e la voglia di fuggire da una stanza dalle dimensioni ignote, continuava a urlare guardandosi intorno, avendo sempre la strana sensazione che qualcuno lo osservasse.

"Venite fuori! Venite fuori, maledetti!"

Sul muro apparve un ologramma di un enorme essere con la metà del corpo umano e l'altra metà quasi fosse un robot.

"Cosa ti affligge, Uriel?"

"Come fai a conoscere il mio nome?"

"Noi sappiamo molte più cose di ciò che credi. Ora rilassati, stai calmo, tanto non puoi andare da nessuna parte, ed è anche inutile che gridi. Risparmia le tue energie, perché anche queste ti serviranno."

"Cosa vuoi dire? A chi e per cosa servirebbero le mie forze? Tutta questa storia non durerà a lungo, sappiatelo. Io lotterò con tutto me stesso per uscire da questo dannato inferno virtuale o qualsiasi cosa esso sia. Vedrete, scoprirò tutto."

Senza ascoltarlo, l'ologramma svanì. Uriel si mise con le spalle al muro, e si fece scivolare verso il basso, fino a rannicchiarsi appoggiando la fronte sulle ginocchia. Voleva piangere, la sensazione era quella. Ma si accorse di un particolare.

"Ma che strano" sussurrò. "Perché sento l'emozione, piango, ma non una lacrima scende giù per accarezzare il mio viso? Perché non ci riesco? Non è umano, tutto questo."

Mentre era immerso nei suoi pensieri, una piccola e graziosa creatura apparve dal nulla.

Uriel fece un piccolo balzo. "E tu, da dove spunti?"

Il piccolo essere non pronunciava neanche una parola, ma gesticolava con le sue esili braccia. Uriel si mise una mano sulla fronte.

"A posto. Non parli nemmeno. Allora provo a mettermi in ginocchio verso di te cercando una comunicazione. Sei così grazioso, almeno riesci a strapparmi un sorriso."

L'esserino saltellava e sorrideva.

Uriel lo seguiva con lo sguardo da tutte le parti. "Va bene, ok, fermo un attimo. Così mi fai girare la testa." Provò ad afferrarlo per bloccarlo, ma il piccoletto svanì nel nulla spaventato.

Ecco che un'altra riflessione si aggiunse nella lista dei pensieri su questo strano luogo. Poco dopo, gli apparve nuovamente la creatura, facendo un gesto che spiazzò Uriel. Lo prese per mano come farebbe un bambino, e lo tirava come volesse dirgli: *vieni con me, andiamo.*

Mentre fuori dalla cella si udirono delle voci minacciose.

"369, dove sei finito? Dobbiamo ancora terminare il lavoro su di te, quindi esci fuori, sappiamo che ti stai nascondendo."

Ma 369 svanì nuovamente sotto gli occhi di Uriel. La porta si aprì bruscamente ed entrarono due creature con sembianze umane.

"Stiamo cercando il soggetto 369, siamo sicuri che sia passato anche da qui."

Uriel scosse la testa. "Non so proprio di chi o cosa stiate parlando, e poi cos'è questo numero?"

"È il nome del piccoletto" risposero i due uomini.

"Ripeto, non so nulla. Potete anche andare via e non perdete tempo se non per aprire questa dannata porta per farmi uscire."

"Non ti preoccupare, tra qualche giorno sarà il tuo turno. Abbiamo bisogno anche di quelli come te."

"Mi state per caso minacciando?"

Ma i due chiusero la porta dietro le loro spalle con freddezza e crudeltà. Uriel corse verso la porta, battendo un pugno e urlando: "Bastardi, voglio andare via da qui!"

Come un carcerato, camminava avanti e indietro.

Non devo adirarmi per tutto questo, devo ricordarlo bene. Nulla accade per caso. Devo trasformare il pensiero, respirando profondamente. Non mi rimane che attendere.

I giorni passavano, e le visite di 369 erano sempre più

frequenti. Tra loro si instaurò una bella amicizia, riuscendo a trasmettersi informazioni tramite segnali non verbali di diverso tipo.

Uriel vide nuovamente riapparire il piccolo essere. "Bentornato!" Era felice di rivederlo e provava anche una sensazione di gratitudine per questo uragano sbucato fuori all'improvviso.

"Sembra quasi che tu voglia prepararmi per qualcosa di inaspettato."

369 fece su e giù con la testa in segno di approvazione.

"Aspetta, calma, non riesco a capirti, sei troppo agitato."

369 gli prese la mano e iniziò a scrivergli sul palmo.

"Caspita, sei pieno di risorse! Questo non me lo sarei mai aspettato. Sai anche scrivere! E perché non l'hai fatto fin da subito? Volevi capire da che parte sto, se tra i buoni o i cattivi? Va bene, ora è tutto chiaro. Sei un essere molto avveduto. Credo che tu abbia capito che puoi fidarti di me."

Il dolce sorriso del piccoletto diede la risposta.

"Mi stai facendo capire che fuori c'è qualcosa da cui dovrò difendermi? E cosa c'è là fuori? Ehi, piccolo, cosa c'è che non va? Cosa stai percependo? Ormai inizio a conoscerti, e capisco quando sta per accadere qualcosa."

369 prese nuovamente la mano di Uriel e scrisse: ci vediamo presto, mia madre mi sta cercando.

Le parole di 369 fecero vibrare l'anima di Uriel. Una sensazione di urgenza e mistero si diffuse nell'aria, mentre Uriel si preparava a fronteggiare ciò che li attendeva nel mondo sconosciuto.

"Credo che tu abbia molte cose da farmi capire, la tua intelligenza è davvero notevole, e in questo luogo misterioso c'è sicuramente qualcosa di importante che devo scoprire. Spero davvero che tu possa essermi d'aiuto. Ora vai pure."

Prima di andare via, 369 volle insegnare a Uriel un saluto speciale, in cui le persone non si toccano fisicamente, ma le loro anime si connettono. Misero le mani l'uno di fronte all'altro; la piccola mano di 369 era avvolta da un flusso luminescente di colore lilla. Muovendo le mani lentamente, come se fossero immerse nell'acqua, questo fluido luminoso ricopriva le loro dita, creò filamenti di energia che si intrecciavano al centro delle loro fronti e fece scaturire una sensazione di lieve pressione e un calore intimo.

Dopo il saluto, Uriel si sedette a terra, avvolto da una sensazione di benessere celestiale. Davanti ai suoi occhi, cominciarono a scorrere immagini della sua amata e i ricordi affiorarono nella sua mente. Uriel si sentiva in uno stato psichico di sospensione ed elevazione della mente, disteso dolcemente a terra. Provava sentimenti profondi di amore, accompagnati da visioni che gli donavano una sensazione di appagamento e pienezza.: *Cosa avrà mai fatto questa meravigliosa creatura? Gaia, mio eterno amore, spero che tutto ciò sia solo un orribile incubo.*

All'improvviso udì una voce che sussurrò:

"Uriel, tutto ha origine dall'amore e troverà fine nell'amore. Per sempre e oltre, non dimenticarlo mai."

Uriel si sentiva come se stesse viaggiando all'interno di

se stesso, sollevando un interrogativo di profonda importanza.

Il caos regnava sovrano nei mondi, mentre esseri polimorfi operavano un grande cambiamento nel genere umano, modificandone il DNA.

Tre suoni simili a un allarme risuonarono, e la porta si aprì. Uriel si alzò di scatto, il cuore galoppante, finalmente libero, gridò e sorrise, ignaro che quella felicità fosse solo momentanea.

Corse lungo un interminabile corridoio, ma finì per sbattere contro un cagnolino robot e cadde a terra insieme a lui. La voglia di evadere da quel luogo era così intensa che Uriel si alzò goffamente, barcollò e cadde più volte. Improvvisamente il grande uomo uccello con un'ala bianca e una nera lo afferrò e lo portò via con sé.

Uriel esclamò: "Ci risiamo!" Ma presto si rese conto che la sua felicità era solo temporanea.

Sospirò. "Ma quando finirà tutto questo? Non sembra avere mai fine."

Il volatile non emise un suono, ma lasciò cadere Uriel in una trappola, senza esprimere alcuna emozione. Uriel alzò lo sguardo e osservò il suo nuovo ambiente: tutto era enorme, si sentiva piccolo come una formica. Gli oggetti volanti e gli edifici in metallo lo circondavano.

Dove posso nascondermi ora?

Il cagnolino robot si avvicinò a Uriel e gli afferrò la gamba, tirandolo a sé. Uriel non poté far altro che seguirlo, fiducioso e determinato. *Sono coinvolto fino al collo in tutto questo. Non posso fare altro che sperare in qualcosa di positivo in questo posto surreale.*

Entrarono in una piccola torre con delle scale a chiocciola, e il cagnolino si fermò davanti a un foro. Uriel vide un aereo atterrare e trasformarsi in un enorme robot.

"Che diavoleria è mai questa?" Guardò il piccolo amico di latta e gli accarezzò la testolina. "Grazie per l'aiuto. Sembra che qui ci sia anche qualcosa di buono." Poi si fermò. "Aspetta, aspetta! Se tu e il piccolo 369 siete buoni, significa che ci sono altri come voi. C'è ancora un barlume di speranza."

Si inginocchiò di fronte al cagnolino robot e notò una particolarità: aveva tre occhi, uno centrale trasparente come il vetro e due laterali di colore plumbeo. Gli afferrò le zampe e iniziò a parlare con lui. "Non so se puoi capirmi, adorabile cucciolo, ma ho bisogno del tuo aiuto. Ascoltami bene. Portami dai buoni, per favore."

Il piccolo amico di latta iniziò a condurlo per un nuovo cammino, e Uriel lo seguì fiduciosamente.

Salirono la scala con estrema lentezza, e Uriel si trovò a chiedersi perché stessero procedendo così lentamente. "Dai, muoviti, piccolo! Cosa ti prende ora?"

Uriel cominciò a cadere. "Oh! Oh! Oh! Cado, cado!"

La scala aveva iniziato a muoversi e a cambiare direzione. Era incredibile come anche un'illusione ottica fosse riuscita a rendere ancora più bizzarro l'ambiente di quel regno terrificante.

Nonostante il rischio di caduta, continuarono a salire con cautela, facendo attenzione a non precipitare nel vuoto, dato che tutto intorno a loro sembrava scomparso.

"Enea guarda, vedo una porta!" Uriel aveva deciso di chiamarlo così, per dargli un nome. "Ma come facciamo a raggiungerla, considerando che questa scalinata ingegnosa cambia direzione così spesso?"

Mentre Uriel era indeciso su come procedere, Enea fece un balzo attraverso la porta.

"Ancora! Ora è il mio turno." Uriel saltò e il pavimento sotto di sé svanì nel nulla.

Quando Uriel raggiunse la porta, il dolcissimo 369 lo stava aspettando, insieme alla madre e al misterioso popolo che li circondava. Uriel era colmo di gioia e si precipitò verso il piccolo, lo prese tra le braccia e lo strinse forte a sé.

La madre di 369 si avvicinò a Uriel, unì le mani e chinò il capo in segno di rispetto. "Benvenuto, re di pace. Stavamo aspettando questo momento. Io sono Emra, sovrana del popolo di luce."

"Ho già sentito questo nome da mia moglie."

"Certo caro so perfettamente a cosa ti riferisci, sarei felice di raccontarti come sono le cose in realtà".

Emra, con voce autorevole ma amichevole, sollevò le mani e gridò: "Popolo sovrano, concedete la visione!"

Improvvisamente, tutto intorno a loro si illuminò, rivelando un complesso sotterraneo situato in una caverna naturale, adornato da stalattiti e stalagmiti di ogni forma e dimensione e suggestivi colori. Era un vero tesoro nascosto, e ospitava una varietà di creature miste tra loro, creando uno spettacolo simile a un'aurora boreale.

369 diede un bacio sulla guancia di Uriel e scivolò giù dalle sue braccia.

Emra gli posò la mano sulla spalla. "Vieni con noi mentre attraversiamo questo meraviglioso spettacolo. Ti donerò la conoscenza che ogni essere umano dovrebbe possedere. Noi siamo un esperimento non riuscito e scoprire noi stessi porta alla conoscenza. Siamo il Dio di noi stessi, essendo legati da uno spazio e un non tempo, come due elettroni collegati dalla coscienza. Questo serve a comprendere cosa significhi vivere e morire. Hanno diviso il mondo in due universi paralleli, manipolandolo; il libero arbitrio non esiste perché siamo manipolati e bloccati nel fare ciò che vogliamo. L'anima garantisce l'immortalità. Siamo contemporaneamente registi e spettatori di un tempo che è un'illusione. Ognuno dovrebbe avere le proprie informazioni, possedendo due conoscenze (maschile e femminile). Tutto si collega alle origini della cosmogonia, l'uno si collega all'altro. Se c'è qualcosa che non capisci, dimmi pure, caro Uriel, e io cercherò di rendere più semplice il progetto della vita che è stato creato per tutti noi."

"Continua pure, Emra. Ora voglio solo ascoltare cosa hai da dire fino in fondo, e in seguito potrò fare altre domande" rispose Uriel.

"Come stavo dicendo, lo spirito rappresenta il lato maschile inconscio di una donna, mentre l'anima è l'inconscio femminile di un uomo, ognuno con la propria psiche personale. L'animico e il creativo non sono interessati alle cose materiali. Chi non è animico, non possiede una coscienza di sé e quindi un'anima. Questi esseri hanno bisogno dell'anima perché è eterna e non sanno cosa significhi vivere e morire. La vita e la morte portano alla consapevolezza della coscienza. La coscienza costruisce l'universo per imparare ciò che non sa, essendo essa stessa eterna, e non sapendo cosa vuol dire alba e tramonto, risiede nel corpo per poter vivere e morire. Loro cercano di ottenere l'energia, ma sta a noi non concederla. Devono capire il loro percorso esistenziale da soli, altrimenti rimarremo intrappolati in un ciclo senza fine, mescolando il vero con il falso."

Uriel corrugò la fronte. "Emra, ho bisogno di comprendere alcuni passaggi. L'altra donna che vive in un mondo diverso si chiama come te, c'è una ragione? Tu sei una parte di lei, ma sembra che lei non riesca a comprendere alcune cose. Ricordo che Gaia mi raccontava di questa paziente particolare che aveva paura di essere giudicata una povera folle. Da quando i miei amici mi hanno indotto il coma, ho viaggiato in posti diversi senza riuscire a raggiungere la mia amata, e questo viaggio sembra non avere fine. L'unico desiderio che avevo era tornare a casa con la mia metà, ma ora mi ritrovo in un luogo strano. Sinceramente, tutto ciò mi sembra assurdo."

"Uriel, io e l'altra me siamo la stessa persona, ma viviamo in due mondi paralleli. La differenza è che lei non si è evoluta e non ha la consapevolezza di essere una creazione immortale dell'universo. Io sto cercando di aiutarla a risvegliarsi interiormente. Da quando sei in viaggio, molte cose sono cambiate, e ora ti mostrerò tutto. Siamo quasi arrivati al punto in cui inizierai a comprendere e non avrai più domande. I tuoi viaggi non saranno stati inutili, perché, se vorrai, potrai arrivare alle origini." "Continuo a non capire" disse Uriel.

Emra si fermò di colpo e si mise di fronte a Uriel. "Ora ascoltami attentamente. Ferma la mente e rifletti su ciò che sto per chiederti. Sei qui sotto forma di corpo o anima? Questo aspetto fondamentale non è ancora chiaro in te." Uriel ammise di non avere compreso appieno questo aspetto.

"Comunque, ora ti mostrerò l'invisibile nel visibile" continuò Emra.

Tutti presero per mano Uriel, formando una lunga catena, ed entrarono nella luce. Ciò che trovarono fu sorprendente: un'arca ad alta tecnologia che ospitava diverse specie di esseri. Era chiaro che le credenze di Uriel erano state manipolate dagli esseri umani per nascondere la vera realtà che ora si svelava sotto i suoi occhi.

Un maestoso essere con le sembianze umane li accolse calorosamente e, in particolar modo, ad Emra e al piccolo 369, con fare paterno. "Vedo che sei riuscita a portare con te il Re, credo questa sia la volta buona per eliminare definitivamente i malvagi."

"Uriel, ti presento Noah" disse Emra. "Nonché mio sposo e padre di 369."

"Ora sono molto confuso." Annuì Uriel, "Ho veramente necessità di capire bene tutto, mi chiamate re e non capisco perché, vedo esseri di tante specie con la convinzione ci fosse solo la razza umana come unica forma di vita."

"Sei arrabbiato o deluso, caro Uriel?"

"No! No!"

"Tutto questo finirà molto presto e ti aiuteremo ad attraversare l'ultimo portale, ma prima abbiamo bisogno del tuo aiuto, quindi seguici e anche questa volta non te ne pentirai, è una promessa."

L'arca era un'astronave di dimensioni infinite. Ogni stanza era un laboratorio che custodiva all'interno di cilindri lunghi e verticali mutanti para-cinetici e con poteri paranormali. Questi esseri erano in grado di far diventare realtà ciò che immaginavano altri esseri; potevano, inoltre, portare in vita i morti clonati tra esseri umani e non umani. In un'altra stanza si poteva collegare il cervello direttamente al computer di bordo, per assistere e partecipare in diretta alla realtà virtuale e reale.

"Stupendo, vero Uriel?" disse Noah. "Non sei curioso di sapere come è avvenuta la creazione della specie umana? Non tutto ciò che vi è stato insegnato o detto corrisponde a verità, quindi è bene che tu sappia. Milioni di anni fa Uribin stava morendo."

"Uribin?" chiese Uriel con stupore.

"È il nostro pianeta" rispose Noah.

"In un lontano passato, l'atmosfera si stava assottigliando sempre più. Per non far morire il pianeta i nostri avi si misero a cercare nell'universo un pianeta che avesse molti giacimenti d'oro così da poterne estrarre la struttura. Sarebbe servita per ripristinare l'atmosfera di Uribin, fino a riportarlo alle sue condizioni ideali. Cercarono in lungo e in largo un mondo capace di offrire loro ciò di cui avevano bisogno; lo trovarono nel pianeta Terra. Gli operai di Uribin addetti all'estrazione del minerale, mandati sulla Terra, cominciarono a ribellarsi ai loro superiori, perché il lavoro era diventato logorante e stancante. Proposero di usare degli ominidi che vivevano sulla terra per sostituire la forza lavoro degli uribiniani. Enlil, il condottiero della missione terrestre, diede l'incarico a un gruppo di scienziati, guidati dal fratello Eah, di modificare e manipolare geneticamente la struttura di questi ominidi primordiali, per poterne fare completo uso come schiavi. Così facendo gli uribiniani potevano smettere di faticare per estrarre l'oro. In seguito alla morte del padre Arh, re di Uribin, Enlil dovette ritornare su Uribin per prendere il posto al trono. Eah ebbe così la completa responsabilità della missione e la gestì a modo proprio. Con il tempo scoprì che gli ominidi modificati avevano un'intelligenza tale da poter imparare velocemente e soprattutto avevano la possibilità di riprodursi in modo naturale. Lo scienziato prese a cuore questi esseri dando loro gli insegnamenti per costruire in modo preciso una loro società. Costoro continuarono a evolversi naturalmente, tanto che Eah scoprì una loro particolare caratteristica quasi inspiegabile per il genere di Uribin: una forza pressoché divina albergava in ognuno di loro, mettendoli in qualche modo in connessione tra loro. A questa forza venne dato il nome di *anima*. Gli scienziati allora cercarono in tutti modi di studiare l'anima per capirne l'origine e le caratteristiche, in quanto questa forza dava agli esseri umani la capacità di riuscire ad affrontare la vita in modo diverso mediante un'energia soprannaturale invisibile. Tutte le ricerche, i tentativi di clonare questa forza non diedero alcun risultato, tanto che con il passare degli anni l'evoluzione e la consapevolezza degli uomini riuscì a far fronte anche allo stato di schiavitù imposto dagli uribiniani. Così questi ultimi furono costretti ad abbandonare il pianeta Terra, perché non vennero più trattati come degli dei. Paradossalmente, tutte le conoscenze della razza umana acquisite attraverso Eah, gli si ritorsero contro, al punto tale da dover abbandonare il pianeta e con esso il progetto della missione, ma continuando a monitorare ciò che sarebbe accaduto nei secoli a venire, per poi trovare il momento giusto per ritornare e completare il progetto. È arrivato il momento che io ti mostri la realtà; voglio anche farti un regalo che sono sicuro ti piacerà moltissimo" disse Noah a Uriel dopo aver concluso il racconto.

L'arca era meravigliosa, tutto sembrava procedere in modo altamente organizzato, ogni essere che vi era all'interno aveva un ruolo ben preciso, facendo attenzione a ogni piccolo dettaglio con molta accortezza e precisione. Sembrava quasi che il destino di molti mondi ed esseri viventi dipendesse dall'organizzazione che vi era programmata proprio nel suo interno.

"Vieni, Uriel." Noah gli fece un cenno.

Di fronte a loro c'era una grande porta di metallo che con il solo tocco delle mani si poteva passare oltre senza aprirla.

"Fantastico" esclamò Uriel. "non ho parole. Ehi piccoletto, anche tu qui? Immagino che mi stessi aspettando con impazienza."

In questa stanza ad attenderlo non c'era solo 369 ma anche Emra, e il cane di metallo battezzato sotto il nome di Enea (senza aver mai chiesto come realmente si chiamasse). Il nome che gli aveva assegnato gli piaceva molto, perché gli ricordava il suo adorato cucciolo regalatogli in tenera età.

"Vieni tra le mie braccia, piccoletto, so che lo vuoi."

369 non se lo fece ripetere due volte che saltò subito abbracciandolo forte e riempendolo di baci.

"Emra, posso chiederti come mai 369 non parla?"

"Caro mio..." Emra sospirò. "Noi eravamo una famiglia come tante, vivevamo sulla terra ed Eiden, questo è il suo vero nome, era un bambino normalissimo come tutti, dotato di sensibilità e intelligenza superiore alla norma. A scuola ci convocarono perché, secondo loro, nostro figlio doveva essere sottoposto a dei test per valutare le sue capacità intellettuali. Per noi fu normale la richiesta degli insegnanti, così decidemmo di sottoporre alle prove nostro figlio, ignari di farlo poi diventare una cavia da laboratorio. Da lì in poi avvenne l'impossibile. Un vero e proprio calvario, durato per tre lunghi anni; inizialmente potevamo essere presenti costantemente al fianco del nostro amato e unico figlio, ma dopo sei mesi invece iniziò l'incubo. Ci convinsero a fare le visite in modo sporadico, con la scusa che saremmo stati una distrazione per lui; se volevamo che il tutto finisse presto, dovevamo collaborare. Promisero inoltre che, nel giro di pochi mesi, avremmo riavuto con noi Eiden. Invece arrivò un fulmine a ciel sereno, la telefonata improvvisa, la corsa disperata in laboratorio e un lenzuolo bianco sul corpicino del nostro unico figlio. *Un esperimento finito male* era tutto quello che seppero dirci. Urlavo arrabbiatissima per il dolore e la frustrazione. Portammo a casa Eiden; eravamo pronti a dare l'addio a nostro figlio. Ma la mattina del funerale scomparve. Io e mio marito, entrambi scienziati, volevamo andare a fondo alla faccenda e capire assolutamente questo mistero. Non abbiamo avuto tempo di capire niente sinceramente, perché siamo stati prelevati e portati qui. All'inizio ci avevano cancellato la memoria. Dopo ci hanno messo di fronte a nostro figlio, ridandoci la memoria ma paralizzati nei movimenti per non farci agitare, gridare e per poterci spiegare tutto nei minimi dettagli. Eiden fu portato in vita da un mutaforme con poteri paranormali, che è quello che hai visto chiuso nel cilindro trasparente. Lo teniamo lì perché se finisse nelle mani sbagliate sarebbe un disastro per l'intera umanità. Abbiamo accettato di collaborare con questi esseri, anche perché, come scienziati, abbiamo sempre sentito dentro di noi, che non eravamo solo dei comuni mortali e poi in cambio abbiamo riavuto la possibilità di stare con nostro figlio, seppur geneticamente modificato: parla telepaticamente, può scomparire e riapparire a suo piacimento, può passare attraverso i muri o sottoforma di ologramma e la sua specialità è la luce che emana; ma quella la fa uscire fuori solo nel caso di un reale e importante bisogno, perché perderebbe tutte le sue energie e potrebbe causargli la morte. Credo di averti raccontato tutto, quindi ora possiamo farti vedere la sorpresa che abbiamo preparato appositamente per te, sei pronto?"

Uriel prese in braccio il suo amato piccoletto e seguì Emra e suo marito di fronte a un enorme schermo ad alta definizione e dotato di tecnologia avanzata. Attraverso lo schermo vide i suoi amici in attonito silenzio aspettando curiosi la reazione del loro caro amico, con cui non interagivano più da tempo.

"Non ci posso credere! Non ci credo" Uriel sentì un

nodo alla gola, guardò il piccoletto che teneva tra le braccia. "Eiden, li vedi? Quelli sono i miei amici terrestri! Ragazzi, che bello rivedervi! Ma come ci siete riusciti?"

"Ciao Uriel!" lo salutarono in coro. "In verità sono stati loro a mettersi in contatto con noi in modo veramente casuale, ed è stata una vera fortuna perché ci hanno aiutati a portare a termine il progetto."

"E come state?"

"Noi abbastanza bene, anche se qui stanno accadendo cose strane." Cesare corrugò la fronte.

"Ragazzi, quanto tempo abbiamo per parlare e per poterci raccontare le cose?"

"Le cose stanno così: Eah ci ha aiutati a terminare il programma che abbiamo installato tramite sensori, i quali stimolano attraverso guide d'onda sia il tuo corpo che quello di Gaia, solo che potremo comunicare telepaticamente senza vederci; il fatto che ora ci possiamo vedere è veramente una grande opportunità. Sfruttiamo al meglio questa occasione oggi, potrà servirci!"

Cesare si schiarì la voce. "Sai, Uriel, all'inizio eravamo spaventati all'idea che qualcuno volesse hackerare il nostro computer per ottenere informazioni e minacciarci. La nostra più grande preoccupazione era che potessero portarci via, sia noi che voi, e che tutto sarebbe finito nel peggiore dei modi."

"E come avete capito che non era un inganno?"

"Ci hanno detto di cercare una certa Emra, la paziente di Gaia. Ci hanno concesso il tempo per farlo e, quando l'abbiamo trovata, l'abbiamo portata qui da noi, mettendola a confronto con l'altra Emra che si trova nel mondo in cui ti trovi ora. Hanno raccontato la loro versione dei fatti. Inizialmente sembrava una storia surreale, ma dopo averci fornito prove concrete, non potevamo fare a meno di crederci e fidarci. Questo è il risultato: siamo qui e possiamo vederci e parlare, anche se solo per oggi."

"Credetemi ragazzi, non importa se sarà solo per un'ora o un attimo, per me questo momento sarà indelebile e infinito."

"Uriel" disse Enki. "Ci hanno avvertito su molte cose…"

"Ci saranno cambiamenti radicali sul nostro pianeta." ribatté Samy. "Ci hanno messo in guardia su tutto. Sappiamo anche che tra non molto dovrai affrontare una battaglia decisiva, e se tutto andrà bene, potrai aprire il portale e tornare finalmente da tua moglie."

"Sì, ragazzi, è tutto vero. Ancora non so come sia stata organizzata questa situazione, ma spero vivamente di lasciare questo posto, anche se con loro mi trovo bene. All'inizio ero stato catturato da esseri strani, e avevo pensato fosse la fine del mio viaggio. In realtà, era solo l'inizio di un'altra nuova avventura con nuove conoscenze. Ed eccomi qui, circondato da esseri pieni di pace interiore, ricchi di energia positiva e desiderosi solo del bene dell'umanità. Hanno parlato anche a voi dei mondi paralleli?"

"E anche di più!" Zoe sorrise. "Ti spiegheremo tutto ciò che sappiamo, visto che saremo in contatto telepatico e potremo sostenerci a vicenda. Ora ti racconto tutto. Il mondo è comandato da alieni. Loro sono i burattinai e hanno bisogno di noi terrestri, facendoci vivere a bassa entropia per impedirci di evolverci in modo tale da non acquisire la coscienza di chi siamo realmente. Se ottenessimo questa conoscenza, loro non potrebbero più avere potere su di noi. Gli uomini di potere, per mantenere il popolo soggiogato e usarlo come schiavi, devono mantenere bassa l'entropia, che altro non è se non l'ordine del sistema. Ecco perché hanno elaborato un siero che verrà iniettato a tutta l'umanità per cercare di seminare discordia tra gli uomini che hanno già avuto un risveglio e coloro che ancora non l'hanno fatto. Tutto questo è parte di un gioco di potere. Questi esseri, chiamati uribiniani, influenzano gli uomini di potere terreni che sono sotto il loro controllo. Usano noi, esseri umani inferiori, come cavie. Purtroppo, i dati che abbiamo raccolto tramite le abductions, servono per condurre esperimenti e clonare la specie umana con esseri altamente evoluti. Ciò che l'umanità non ha ancora compreso è che questi esseri sono ovunque. La cosa più preoccupante è il microchip che viene inserito nel corpo umano, un bene prezioso per i loro scopi, che attiva la memoria aliena per ottenere l'anima, che risulta essere una pietra miliare per la parte animica, che loro non possiedono e che è immortale. Quindi cercano di appropriarsene da noi perché hanno paura di morire. Siamo una grande fonte di energia e conoscenza che conferisce l'immortalità. Questa è una paura profonda per questi esseri. Credo di averti raccontato tutto, amico mio."

"Direi che vi hanno informato abbastanza. Posso garantirti che nel mondo in cui sono ora, vogliono solo ripristinare le cose come erano un tempo, eliminando e demonizzando tutto ciò che sembra diffondersi e diventare soffocante. È arrivato il momento di prendere respiro e fiducia, contando su questo cambiamento evolutivo in noi e sulla consapevolezza di chi siamo veramente o chi non siamo."

Emra interruppe la conversazione di Uriel con i suoi amici.

"Ragazzi, mi dispiace molto, ma c'è un'urgenza e dobbiamo andare. Uriel, saluta i tuoi cari. Ti aspettiamo fuori. Arrivo subito."

Si salutarono molto serenamente, anche perché avevano appreso molte cose e sapevano che il loro amico era in buone mani.

"Non scordare che saremo in contatto con te, ovunque sia la tua destinazione. Anche se non siamo fisicamente al tuo fianco, saremo in comunicazione telepatica."

"Grazie ragazzi per tutto l'impegno e l'aiuto. Spero di poter tornare da voi con la mia adorata Gaia. Mi raccomando, fate molta attenzione d'ora in poi, dato che vi sono stati svelati dei dettagli molto importanti."

"Non preoccuparti per noi, ce la faremo; a presto Uriel."

"A presto, amici miei."

Lo schermo si spense dietro le sue spalle, si voltò per verificare che realmente non ci fosse più visuale dei suoi cari amici, e con forza uscì dalla stanza.

"Mi dispiace molto aver interrotto così bruscamente la conversazione, purtroppo abbiamo avuto un imprevisto. Ti illustrerò tutto mentre ci dirigiamo verso l'uscita; la battaglia sta per iniziare."

Uriel esclamò: "Ma non doveva avvenire oggi!"

"Lo so." Emra chinò la testa. "Sfortunatamente sono riusciti a entrare nel nostro territorio, il che significa che hanno preceduto le nostre mosse, capendo le nostre intenzioni. Ti ricordo che anche loro sono dotati di poteri extrasensoriali. Ce l'aspettavamo una loro mossa affrettata, ma per fortuna non ci hanno colti impreparati. Non avere paura e non scordare due cose essenziali: uno, che sei un'anima e quindi nessuno può ucciderti, e due, che i tuoi amici possono vederti e parlarti telepaticamente. Questo dovrebbe darti conforto. Un'ultima cosa: qualsiasi cosa accada, se riesci a vedere il portale, non esitare a entrarci dentro. Tu vai pure e non pensare a quello che vedi, perché noi ce la caveremo."

"No, Emra, non funziona così. Uriel scosse la testa. "Io sarò con voi fino alla fine, qualsiasi cosa accada, e non vi abbandonerò finché non constaterò personalmente che la nostra battaglia sia finita da eroi vincitori."

Si presero per mano, stringendole con forza come segno di coraggio e amicizia autentica.

Gli avversari entrarono nel loro regno sacro, dove i puri governavano l'universo invisibile, fatto di splendore, luce e purezza. Con tutte le loro forze, gli esseri che vi governavano iniziarono a formare due squadre su una scacchiera di cristallo virtuale, dando inizio allo scontro tra luce e tenebre, decidendo il destino eterno degli esseri puri di spirito con molteplici aspetti.

Vi erano umanoidi con una massiccia muscolatura, cyborg con strategie logiche e robot con una psiche e conoscenza dei poteri soprannaturali. I prescelti furono sedici da entrambe le parti, disponendosi così in ordine crescente di importanza basata sulle loro forze soprannaturali.

"Akem." Noah indicò la scacchiera. "Come sempre la tua malvagità non si fa attendere. Sei venuto nel mio regno a tradimento, ma ti assicuro che questo affronto costerà caro al tuo popolo."

Akem fece un sorriso beffardo. "Qualcosa ho mosso dentro di te, visto che ti porta tanta premura? Mi fai ridere! Porterò il tuo regno in un buco nero, succhiandone tutta l'energia, diventando così il Dio universale e tutto sarà in mio potere."

"Staremo a vedere. Intanto la battaglia si dichiarerà conclusa proteggendo l'essere che prevarrà su ogni regno; egli avrà il potere assoluto di scegliere il destino degli avversari, e la clessidra disputerà il tempo che potrà essere infinito o variabile."

"Tutto dipenderà dalle vostre forze."

"Allora, Akem, cosa ne pensi? Le mie regole sono di tuo gradimento?"

"A quanto vedo, fratello mio, non hai mai capito niente. Ma non posso rifiutare, sono sempre stato superiore a te, quindi per me è un sì."

Mentre la battaglia sembrava imminente, il primo ad avanzare fu Uriel, con un vantaggio assoluto per i redentori del bene, essendo sottoforma di anima (immortale), mentre il nemico nero era ignaro.

Ogni giocatore seguiva le proprie idee, muovendosi in modi differenti e alternandosi tra gli avversari. Quindi non si poteva dire che la mossa del nemico, dopo Uriel, non fosse stata scorretta, formando un buco nella casella e cercando di distruggere le mosse del prossimo giocatore.

Akem scoppiò a ridere. "Noah, hai spiegato al tuo stupido schiavo che può usufruire del suo potere solo una volta, vero? Se l'hai fatto, ciò significa solo una cosa: la vostra stupidità, oltre al vostro giocare sporco. Quindi, a tutti voi, ricordo ciò che ho appena dichiarato apertamente."

Si fece avanti 369, offuscando gli esseri malvagi con il calore dell'amore, provocando invidia e rabbia, destabilizzandoli.

"Molto intelligente, figlio mio. La partita è come un libro da scrivere, e le pagine devono essere riempite con mosse intelligenti."

Ci fu un silenzio assordante. Non era la solita battaglia sanguinaria, ma ogni atto rappresentava il destino di ognuno di loro, non programmato di certo, ma giocando con intelletto lo si costruiva, prevedendo il movimento dell'altro e contrastandone l'azione, diventando così padroni dell'avversario.

Un gesto impeccabile del secondo avversario, un robot mastodontico, formò un vortice nella sua stessa casella, eliminando il suo avversario. Non c'era istinto, ma riflessione.

"Cosa ne pensi, fratello mio? Questa è di tuo gradimento?"

"Non esultare" rispose Noah "siamo tutti bravi a servire il re, ma chi conta davvero è la regina, non te lo scordare."

Gli occhi di Akem presero fuoco dalla rabbia.

Enea, il cane robot, riuscì a spiazzare tutti inaspettatamente con una mossa. Sembrava quasi avesse osservato attentamente tutto da un microscopio. Fu così che riuscì a mettere in trappola gli avversari con una combinazione di cinque mosse anticipate, terminando il suo movimento nella casella dell'avversario, eliminandone lo stesso.

"Che tu sia maledetto essere di latta" disse l'eliminato prima di svanire, cancellando definitivamente uno degli esseri malvagi, incapace di fare ritorno e rimanendo bloccato per sempre nel nulla.

Tutti risultarono vittoriosi, e ci fu un attimo di allegro frastuono a spezzare quel pesante silenzio. La scacchiera li incatenava alla sua severa lotta tra due colori nel loro angolo austero.

Mentre la battaglia continuava senza sosta, Emra bisbigliò al marito, chiedendogli se fosse sicuro che gli avversari avrebbero mantenuto fede alle regole.

"Non ci contare, hai avuto una premonizione?"

"Non proprio..." Emra guardò il campo di battaglia. "Ma ho un presentimento alquanto strano."

"Va bene, allora occhi ben aperti e teniamoci pronti nel caso in cui dovessimo avvertire mosse false."

"D'accordo, caro. Ascoltami. Uno dei suoi sta per compiere una mossa a tradimento."

La sua premonizione prese subito vita, tanto che molti di loro iniziarono a sdoppiarsi, creando un numeroso esercito. Il loro piano era premeditato, i loro poteri erano stati potenziati al massimo e modificati, riuscendo così a entrare nel corpo e nella psiche del proprio avversario, inducendolo a lottare contro il proprio regno.

Akem era soddisfatto del suo operato diabolico, ordinando all'uomo-uccello con un'ala bianca e una nera di catturare Uriel. "Attaccalo, Amon, adesso!"

Volò in alto, poi si gettò in picchiata e catturò Uriel, ma all'ultimo momento sollevò le ali per portarselo via.

Tuttavia, Vorian, il gigante di ferro, gli saltò addosso strappandogli l'ala nera con i suoi denti aguzzi. Amon cadde a terra insieme a Uriel. L'uccello era in preda a fitte dolorose alla testa, tanto da tenerla stretta tra le mani e urlando per il dolore.

Uriel approfittò della situazione, correndo verso i suoi amici in pericolo.

"Emra, cosa sta succedendo?" Uriel riprese fiato. "Perché si stanno uccidendo tra simili?"

"La situazione gli è sfuggita di mano, non avremmo mai pensato che fossero capaci di acquisire certi poteri, tanto da poterli possedere a loro piacimento. Devo riflettere, Uriel, perché questo non era previsto."

"Dove sono 369, Noah ed Enea?"

"Sono andati a prendere Damor, il mutaforme, l'unico in grado di porre fine a tale disastro."

"Chi è Damor?" Uriel corrugò la fronte.

"Colui che ha salvato mio figlio. È un rischio, ma non possiamo fare altro."

"Emra!" gridò Akem "stai cercando per caso loro?"

Aveva catturato suo marito e il cane robot. 369 riuscì a scappare grazie al suo potere di invisibilità.

"Ti farò vedere la loro fine con i tuoi occhi, ma prima

devo avere tuo figlio e tutto il tuo popolo in ginocchio ai miei piedi, mentre li vedrai morire uno a uno! E tu diverrai la mia eterna schiava."

"Che tu sia maledetto, Akem! Preferisco la morte che offrire servigi al demone che sei."

Uriel si sentiva tirare per il braccio, ma non vedeva nessuno. Sentì una voce nella sua mente.

"Uriel, sono Cesare, siamo noi, i tuoi amici. Ascoltaci bene. Al tuo fianco c'è 369, non lo puoi vedere e sentire perché lo faresti scoprire subito. Si è messo in contatto con noi ed è molto astuto. Ha capito che possiamo esserti di aiuto perché loro non ci possono vedere e sentire, ma solo a fasi alterne. Quindi ascoltami bene. Fatti condurre da 369, ha un piano. Vai, Uriel, aiuta 369, a prendere il mutaforma para-cinetico, riuscendo così a condurlo sul campo di battaglia."

Era la loro ultima speranza. 369 prese forma come d'accordo, il suo amico iniziò a urlare e catturò l'attenzione di Akem.

"Siamo qua, essere immondo, e ora se hai un minimo di coraggio dovrai venire tu da noi. Staremo fermi e ci faremo catturare da te, senza esitare. Ma sarai tu a fare il passo più lungo della tua gamba."

"Stupido mortale, vuoi veramente sfidare la forza dell'universo? Scoprirai chi sono e di cosa sono capace."

Come un fulmine, sparì velocemente trovandoselo in un attimo di fronte al suo volto.

"Eccomi qua, stupido essere" disse Akem con l'alito pesante e con odore identico alla carne in putrefazione.

Uriel, in un primo momento, ebbe un po' di terrore, ma

poi ricordò che era sotto forma di anima, quindi qualsiasi cosa gli fosse accaduto, nulla lo avrebbe portato alla morte.

"Bene, Akem, ora che siamo di fronte, mi puoi prendere come patteggiato. Io mantengo sempre fede alle promesse."

Provò a catturarlo, ma le sue mani attraversarono il corpo di Uriel.

"Ma cosa diamine sei? No! No! No! Non ci posso credere, tu sei un'anima immortale, il mio progetto di vita!"

Provò in tutti i modi a catturarlo, usando tutti i poteri in suo possesso, cieco dalla rabbia fece arrivare i suoi più crudeli esseri modificati per uccidere qualsiasi forma di vita. Arrivarono così l'uomo lucertola, l'uomo lupo, il serpente dalle nove code e altri cinque esseri, tutti portatori di morte, complicando così il piano che il piccoletto aveva programmato su due piedi.

A Eiden il coraggio, la forza e l'intelligenza non mancavano: usando il mutaforme, che rendeva reale il suo pensiero, fece diventare reale la sua immaginazione, costruendo un labirinto fatto di tunnel, liberando e mescolando la luce con le tenebre. Si trovarono a scivolare in questi tunnel senza luce che sembravano non avere fine. Si udivano solo le urla disperate cercando di capire cosa fare. Il piccoletto allora fece uscire dal suo corpo tutta l'energia e il suo potere, donando luce in tutto il labirinto.

Emra urlò disperatamente: "Eiden, no!"

Sapeva che questo suo gesto lo avrebbe portato a una sola conclusione: la fine della sua vita in cambio di molte altre.

Il gesto di Eiden portò tutti gli esseri fuori dal labirinto, affrontando colui che li aveva portati in vita ma salvando l'intero regno di luce, donando loro l'amore eterno e incondizionato.

Fuori dal tunnel si trovarono tutti in un'enorme valle incantata. Molti erano storditi, confusi o senza più memoria. Il corpicino di Eiden giaceva a terra senza vita. Emra e Noah corsero in un grido disperato e si gettarono su di lui, lo presero e lo poggiarono sulle loro ginocchia.

"Perché, figlio mio? Perché proprio tu?"

Un eco di dolore soffocava la valle, mentre tutto l'amore e la luce di Eiden fluivano, costruendo un impero, lì dove sotto i loro occhi si manifestava l'origine della creazione.

Uriel cercò di entrare nel corpo di 369 per donare la sua anima come lui aveva fatto per il suo popolo, ma non ci fu nulla da fare. Del piccolo Eiden in quel posto incantato rimase solo l'eterna luce che si plasmava tra i colori dei fiori, della natura e di tutti gli esseri viventi che lo circondavano. Lui era il tutto.

"Uriel, mi senti? Sono Enki." I suoi amici riuscirono momentaneamente a stabilire un contatto con lui. "Ci senti?"

"Sì, vi sento."

"Dietro le tue spalle c'è un portale, ed è l'ultimo dei tuoi dipinti. Devi andare! Se sparisce, non potrai più accedervi, e questa è la tua ultima opportunità."

"No, amici, non posso farlo."

Emra si girò verso Uriel. "Ascoltami bene, se non lo

farai, il suo sacrificio sarà stato inutile, e questo non è ciò che avrebbe voluto Eiden. E neanche noi lo vogliamo. Quindi vai, corri, Uriel. La luce si sta affievolendo, e ciò significa che il portale sta per sparire definitivamente."

Emra si alzò in piedi, prese la mano di Uriel, e iniziarono a correre insieme. Con le lacrime agli occhi, fece un sorriso e lo spinse.

Amon, l'uomo-uccello, si aggrappò alla sua gamba attraversando così il portale insieme a Uriel. Emra, sconvolta, non si era accorta della presenza di quell'essere, e corse disperata dal marito.

"Noah, abbiamo un problema!"

"Calmati, Emra. Non c'è nessun problema. Ho concesso io ad Amon un'altra opportunità."

"Ma cosa stai dicendo, mio caro? La morte di nostro figlio ti ha offuscato la mente?"

"Siediti qui accanto a me, ora ti spiego tutto. Amon non era veramente malvagio. Anche lui, come noi, viveva sulla Terra con moglie e figli, ma, a differenza nostra, è stato più sfortunato perché gli hanno eliminato la famiglia, cancellandogli la memoria e facendolo diventare malvagio. Ma la sua anima è sempre rimasta pura, e quei forti dolori alla testa lo hanno indotto al risveglio e al ricordo della memoria perduta.

369 (Eiden)

*Amati e sarai l'universo che vorrai essere. Ascoltati e sarai
l'universo e non il destino. Il compimento astratto e concerto
realizza il tempo illusorio attraverso le proprie dimensioni
interiori.*

MONDO ORIGINALE
ETHEREAL

Uriel e Amon passarono entrambi attraverso il portale. Uriel cercava disperatamente di staccare l'uomo uccello dalla sua gamba, anche se le sue sembianze erano mutate. Non era più sotto forma di volatile, ma aveva preso sembianze umane. Rimaneva una particolarità: aveva un'eterocromia agli occhi, uno verde acqua e l'altro color miele. Non era più malvagio, ma la tensione era ancora palpabile perché Uriel non poteva fare a meno di essere ancora sospettoso nei suoi riguardi. Amon era ormai diventato completamente buono, quindi decise di raccontare tutta la verità a Uriel. Con voce tremante, iniziò a spiegare la sua storia.

"Ho vissuto sulla Terra con la mia famiglia, moglie e figli. Avevamo una vita felice e serena, ma il destino crudele ha colpito il bene più prezioso. Due uomini senza volto ci hanno crivellato a colpi di fucile, tutti e quattro, in modo spietato e senza scrupoli, senza alcuna motivazione, lasciando solo me vivo. La malvagità mi aveva consumato, facendomi diventare un servo di Akem. Non ricordo nient'altro, Uriel, lo giuro. L'unica cosa che sento nel mio cuore è un solo desiderio: l'opportunità di ricominciare tutto da capo per poter stare di nuovo con la mia famiglia, strappata via con crudeltà."

Uriel, sentendo la sincerità nelle parole di Amon, decise di dare una possibilità a quell'uomo che ora sembrava desiderare la redenzione. Accettò di unirsi a lui in un viaggio verso questo mondo sconosciuto, ma anche l'ultimo. Nella ricerca della sua amata Gaia, questa volta non era più solo ma c'era Amon al suo fianco.

Iniziarono così il loro viaggio e, improvvisamente, intanto che camminavano nel nulla, una fitta nebbia si formò, bloccando il loro cammino.

"Uriel, cosa sta succedendo?" Amon si guardava intorno.

"Non lo so spiegare, ma con tutti questi viaggi che ho fatto, l'unica cosa che posso dire è di rimanere fermi e calmi, e vedrai che tutto si risolverà, come sempre. Ogni volta è così. Intanto, sediamoci e aspettiamo con pazienza."

Rimasero fermi, Uriel non capiva perché ancora non stesse accadendo nulla. Ma ecco che qualcosa di indescrivibile si manifestò davanti ai loro occhi: un tunnel di luce prese forma.

"Vai!" Uriel sorrise.

Entrarono nel tunnel a carponi, infilarono la testa e subito iniziarono a volare a una velocità indescrivibile. Alla fine del tunnel videro una luce che brillava.

Uscirono fuori come se si fossero tuffati in mare, ma in realtà era un mare di luce. Videro un fiume immerso nei colori, e in fondo al fiume c'era un magnifico cancello. Si intravedevano delle persone, e tutto intorno era circondato da fiori giganteschi, mai visti prima, e accompagnati da una musica celestiale. Si sentivano avvolti da un senso di calore e pace. Una donna bellissima con tono angelico li chiamò per nome. Il richiamo sembrava provenire da tutte le parti, tanto che Uriel e

Amon si giravano guardandosi intorno per capire da dove provenisse quella voce e in quale direzione andare.

Di fronte a loro, c'era un angelo che incarnava uno spirito di comprensione e compassione. Nella mano destra teneva stretta una lanterna con dentro un cuore e una fiamma che non si spegneva mai. "Uriel e Amon, seguitemi."

Iniziarono così il cammino di saggezza. I capelli lunghi e color miele dell'angelo emanavano un profumo che nessun essere umano aveva mai sentito. Sembravano assuefatti da tale luce e profumo, che inebriava le loro menti, liberandole da ogni forma di pensiero.

"Io sono l'angelo Anahel." L'angelo continuò a camminare. "Sarò il vostro spirito guida per tutto il viaggio nel mondo originale, e voi sarete un tutt'uno con l'universo."

Lo seguirono come ipnotizzati dalla sua voce. La luce faceva da sentiero e il dolce angelo iniziò il suo discorso di vita.

"Le vostre esperienze hanno plasmato il vostro essere, come uno scalpello dà forma a una scultura, che sia di legno o pietra. Potete scegliere se farvi ammorbidire o indurire da esse, mantenendo con eleganza i vostri limiti emotivi. Potete spazzare via tutto ciò che è tossico. Qui non esiste il tempo: il passato è come un quadro non ancora dipinto, il futuro è un foglio di carta non ancora scritto, e il presente è la freccia che indica tutto ciò che è nelle vostre mani. Niente potrà disturbare la vostra pace."

Uriel e Amon sperimentarono cose indescrivibili. Si sentivano come proiettati in un film, rivivendo come in una pellicola, i flash della loro vita dalla nascita fino a quel momento al fianco del loro spirito guida. Quelle parole, come una pioggia, bagnavano il significato profondo dell'amore incondizionato, provocando in loro la sensazione di essere il tutto nel tutto. In questa beatitudine, sembravano raggiungere un orgasmo cosmico, tra sfere di luci dove si poteva sentire la presenza e ascoltare in modo telepatico la canalizzazione di altri esseri. Ogni sfera spiegava la motivazione del perché fossero arrivati fin lì e che questo mondo era l'origine della creazione.

"Voi siete qui per esistere, per evolvervi ed essere la vita stessa. Siete il miracolo stesso di una creazione voluta dal divino e destinata a incarnare la perfezione in essa, in condivisione con ogni forma di vita. Nascerete attraverso essa, purificandola dalle scorie della vanità e dell'ambizione, abbracciando la purezza del cuore."

Queste parole iniziarono a trasformare Uriel e Amon interiormente, pervadendo il loro essere con vibrazioni che si sintonizzarono con l'onda della creazione. Iniziarono così, guidati dall'angelo Anahel, a dipingere il mondo attraverso pensieri purificati, scoprendo la sublime purezza e l'unione con l'assoluto.

Alla fine del loro viaggio con lo spirito guida, i loro occhi, una volta oscurati, tornarono a vedere. Sembrava come se tutto fosse stato dipinto su un quadro di cristallo, con la trasparenza dei loro pensieri puri. In questo luogo, dove la mente non può arrivare, crearono inconsciamente un disegno sacro.

La trasparenza dell'amore dissolse i veli dell'anima,

rendendola la dimora di un tempio. Dipinsero la luce della loro essenza.

"Eccoci qui." L'angelo indicò le loro opere. "Osservate attentamente tutto ciò che avete creato con i vostri pensieri puri. Questa è la vostra frequenza vibrazionale, oltre le parole."

Amon e Uriel erano sbalorditi, incapaci di credere che, attraverso la pace interiore, avessero costruito questo mondo, dando forma alla realtà stessa.

"Questo è il vostro stato di coscienza" disse Anahel. "Dove non c'è né spazio né tempo. Il mio viaggio con voi si conclude qui. Ciò che cercate è più vicino di quanto immaginate. Vi lascio in compagnia di queste anime straordinarie in questo luogo suggestivo. Ora, la decisione su come procedere spetta a voi. Tutto dipende dalla vostra capacità di comprendere ciò che realmente desiderate."

Anahel svanì, lasciando dietro di sé una delicata scia di polvere di luce brillante.

Amon e Uriel erano pervasi da gioia, pace e amore, si abbracciarono felici e soddisfatti del loro percorso. Esplorarono le meraviglie di un bosco con alberi maestosi e fiori giganti dai colori mai visti in nessun mondo terreno. Gli animali erano liberi, in armonia con esseri di bellezza indescrivibile, e farfalle dalle ali magiche danzavano intorno a cascate, mentre l'acqua sembrava seta dai filamenti d'argento.

Il sentiero prendeva vita sotto i loro passi, generando ologrammi di ciò che desideravano vedere. Tutto era uno spettacolo che poteva essere apprezzato solo con un cuore aperto. Il clima era mite, ma il calore proveniva dall'amore che ogni essere emanava semplicemente esistendo. Camminavano senza sosta, senza sentirne la fatica, e potevano trovarsi ovunque in un istante, abbracciando la sensazione di essere simultaneamente in ogni luogo.

Una meravigliosa creatura era seduta in un prato fiorito, con le spalle appoggiate a un albero dai rami pendenti. Fatine dalle ali magiche le danzavano intorno, cospargendola di polvere colorata. Sul suo vestito poggiava un libro, mentre farfalle arcobaleno catturavano l'attenzione di Uriel. "Amon, ho trovato Gaia. È qui. Andiamo."

Gaia era raggiante, e con una mano accarezzava dolcemente l'acqua del fiume delle fate. Mentre era assorta nei suoi pensieri, una donna si avvicinò, sedendosi accanto a lei e iniziò a cantare con una voce celestiale che risuonava ovunque. Amon riconobbe subito quella voce e capì che si trattava di sua moglie, Demetra. Mentre erano sospesi in volo, Amon toccò il braccio di Uriel.

"Fratello mio, questa voce appartiene a mia moglie. La riconoscerei tra un milione di suoni, ed è al fianco della tua. Dobbiamo avvicinarci."

Così, si materializzarono di fronte a loro.

Nel frattempo, i loro amici, che erano ormai nel mondo di Uribin, osservavano tutto con grande gioia ed esultanza.

"Vai, Uriel! Finalmente sei arrivato a coronare il tuo sogno!"

Non potevano ancora palesarsi né farsi sentire, ma erano felici che il loro caro amico avesse superato tutti gli ostacoli. Erano impazienti di poterlo vedere e raccontargli tutto ciò che era accaduto sulla terra e nel mondo di Goldor.

Noah disse loro: "Non abbiate fretta. Molto presto avrete il privilegio di comunicare con Uriel. Diamogli solo il tempo di ricongiungersi con la sua amata."

Uriel, Amon, Gaia e Demetra si leggevano dentro il profondo delle loro anime. Mentre Demetra si ricongiungeva al suo amato emanando un fuoco dai colori dell'arcobaleno, Gaia rimase immobile. Uriel capì subito che la sua amata non ricordava nulla, così prese la decisione istintiva di penetrare la sua anima, diventando così una cosa sola.

La condusse al Pozzo Azzurro, dove la luna splendeva nel cielo profondo, facendo da specchio per coloro che si riflettevano al suo interno. Come parte di un rituale, si specchiarono entrambi e il pozzo gli permise di vedere con lo stesso spirito per esistere in eterno e ritrovarsi. Dopo diversi tentativi, una scintilla cadde a terra e due grandi ali d'argento avvolsero il loro legame, connettendoli alla dimensione celeste. Tutto era eterno ed etereo; ogni elemento era prettamente spirituale, e l'origine della creazione si rivelò al sacro.

Una voce maestosa risuonò, potente come un tuono:

"Che questo evento apocalittico non si ripeta mai più e che questo amore rimanga inviolabile. Nulla potrà mai dividere ciò che è stato creato tra il miracolo che si eleva al di sopra di ogni cosa."

L'amore paziente di Uriel si trasformò, cospargendo di sicurezza la sua unica fonte di vita. Con la delicatezza di un filo rosso, Uriel padroneggiò ogni forma di eleganza, scorrendo attraverso le emozioni di Gaia. In quel momento, il respiro si fermò, ma le loro anime comunicarono senza bisogno di parole, costruendo insieme l'universo da cui trarre nutrimento.

Gaia e Uriel divennero una sola anima. In questo mondo originale, solo le anime pure potevano entrare, e chi sceglieva di farlo non si sarebbe mai più reincarnato. Era un luogo di pace e purezza, dove le anime potevano decidere se restare per l'eternità o rinascere sulla terra.

Uriel e Gaia chiesero a Demetra e ad Amon se volessero ricominciare tutto da capo o rimanere al loro fianco, come giudici della storia umana, per purificare e proteggere il regno etereo. Accanto ad Amon e a sua moglie c'erano i loro due figli, Raguel e Regina. Captando la loro pace interiore, decisero di rimanere.

Mentre contemplavano la loro unione, udirono una voce: "Uriel, mi senti?"

E poi un'altra voce: "Uriel, Gaia."

Uriel li riconobbe. "Cesare, Zoe, amici miei, vi sento. So che siete voi."

Un ologramma si formò di fronte a loro.

Uriel esclamò: "Non ci posso credere! È meraviglioso! Guarda, Gaia, i nostri amici sono tutti riuniti e possono farsi vedere. Anton, Nina, André..." Uriel li nominò tutti.

Gaia sembrava perplessa. "Ma chi sono tutti gli altri?"

"Loro sono il mio viaggio, mio caro amore, ed è solo grazie a loro se io e te siamo nuovamente insieme."

Uriel raccontò tutto a Gaia, mentre i suoi amici iniziarono a parlare di molte cose incredibili, tra cui la gravidanza di Nina, che portava il piccolo Eiden nel suo grembo.

"Enki, Samy, siete felici che vostra figlia sia finalmente con voi?" chiese Uriel.

"Certo, ma la cosa più bella è che vivremo per l'eternità insieme, senza più separarci. E non solo," disse Samy "Anche Emra con il suo clone, può finalmente ottenere tutto ciò che ha sempre desiderato. Qui siamo una grande famiglia in un regno dove il popolo vive in pace assoluta."

Amon aggiunse: "Hai visto, amico mio, che il bene può vincere sul male? Ora, anche tu e la tua famiglia non sarete più toccati da nessuno."

Uriel sorrise. "Direi che siamo tutti felici. Ma perché siete su Uribin? Dovete dirci qualcosa."

Cesare iniziò a riferire tutti gli eventi che stavano accadendo sulla terra e su Goldor.

La specie terrestre stava annegando nella sua ottusità, miseria, rancore, libidine e follia. Obliati dal luccichio di falsi idoli, che stava segnando la fine non della loro macchina biologica composta da massa di carne chiamata corpo, bensì della vera e più profonda natura umana, l'anima, andando così verso un'esistenza senza scopo, autolesionista e senza futuro, uccidendo i loro simili, compiendo gesti illeciti, chi per disperazione chi senza uno scopo ben preciso, chi con forza demoniaca. L'essere umano era arrivato alla soglia di vita dove si uccidevano per droga, sesso e denaro. Abbiamo assistito attoniti alla follia di madri che sopprimevano barbaramente i propri figli con indifferenza, fingendo così l'infermità mentale; figli che massacravano i genitori per motivi abietti, per raptus di schizofrenia. Famiglie povere che scivolavano nella miseria, vestiti con stracci, conducendo la loro miserabile esistenza interamente curvi. Rabbia e violenza si consumavano in città-formicaio in preda al governo avvoltoio, succhiando spietati quella poca linfa che ancora rimaneva a un popolo devastato dalla propria povertà di pensiero, seguendo la massa dove l'ignoranza regnava sovrana, rendendoli così miserevoli schiavi, lavorando per pochi soldi e ingrassare la loro fame di denaro e di potere. La natura si spegneva e la loro anima osservava in silenzio. Nessuno poteva più aiutare nessuno. Influenzati dall'egoismo, l'invidia dell'essere umano era ormai diventata satanica.

Il governo di Goldor iniziò a bloccare i finanziamenti e la circolazione delle auto. Potevano circolare solo coloro che possedevano auto elettriche, dichiarando che tutto questo sarebbe servito a garantire un mondo migliore, ma in realtà era solo per garantire una morte più crudele. Vennero installate telecamere intelligenti ovunque, per spiare e ascoltare chiunque, tenendo le persone sotto il loro potere assoluto. Riducendo gli spostamenti creando una prigione per l'essere umano, facendolo uscire dalla propria zona in modo limitato. I nuovi nascituri venivano tolti alle famiglie e presi in carico dallo Stato poiché aveva donato a queste, in modo artificiale, la gestazione. Considerato che, il siero a suo tempo iniettato alla popolazione, era riuscito nel suo intento: la sterilizzazione del genere maschile.

Il denaro divenne digitale per garantire il corretto consumo di chiunque.

Questa programmazione economica limitò l'uso proprio nel gestire il denaro negli acquisti, e in base al comportamento veniva assegnato un bonus a punti.

Venne inoltre installato un contatore per ogni abitazione per verificare il consumo di CO_2, e chi sforava i limiti imposti veniva punito, impedendogli di frequentare cinema, ristoranti e luoghi di svago in generale.

L'invasività aveva raggiunto anche le mura domestiche, con un esercito speciale del governo che violava la privacy e controllava l'uso degli elettrodomestici, nonché la spesa alimentare. Questo governo aveva condizionato gradualmente la popolazione con pandemie e i cosiddetti *vaccini*, trasformandola in individui senza pensiero personale, come in una sorta di ipnosi collettiva, che rendeva le menti umane incapaci di ribellarsi alla realtà e alla verità dei fatti. Questo siero aveva causato molte morti improvvise, ma gli esseri umani continuavano a firmare la liberatoria per la propria condanna a morte.

Cesare, sulla Terra raccontava la sua storia, alternandosi con Nina, appartenente al mondo di Goldor, entrambi in mondi paralleli ma in epoca diversa, con anni diversi, in cui la diversità tra presente e futuro esisteva ancora.

Gaia chiese a Cesare di raccontare cosa era accaduto sulla Terra, e Cesare iniziò a raccontare che sulla Terra era scoppiata una guerra devastante tra poteri illeciti. Soldati con le gambe dilaniate dalle mine cercavano disperatamente soccorso mentre il loro corpo era in pezzi, e cadaveri di donne, uomini e bambini innocenti giacevano ovunque. Mentre sembrava che la pace fosse in arrivo, eventi catastrofici si susseguivano, tra cui l'esplosione volontaria di una centrale nucleare e l'uso di armi biologiche. Terremoti e alluvioni si verificavano ininterrottamente.

Un governo malvagio aveva tutte le risorse necessarie per perpetrare queste tragedie, scrivendo la storia come se fosse la sceneggiatura di un film, riducendo la popolazione terrestre. Coloro che sopravvivevano diventavano schiavi eterni.

Ora, si trovavano su Uribin, al sicuro, ma erano addolorati nel vedere i loro simili affrontare giorni così oscuri, pieni di disperazione e paura. Avevano appreso che gli esseri umani, purtroppo, meritavano l'estinzione e potevano biasimare solo se stessi. Avevano anche scoperto che la Luna non era un satellite, ma una stazione orbitante costruita da un'antica civiltà, la stessa che aveva creato gli esseri umani. Funzionava come un osservatorio posizionato a un'ora di distanza per la produzione di cloni tramite l'abduction. Questi cloni venivano utilizzati per scopi scientifici e militari e assomigliavano all'essere umano. Tuttavia, restava da capire se fossero esseri meritevoli di sopravvivere o se dovevano essere eliminati. Questi cloni/osservatori erano considerati forme di energia intelligente, che necessitavano di sensori e ricevitori per interagire con la realtà. Solo attraverso un'esperienza chiamata *nde* sarebbero stati in grado di padroneggiare la tecnologia per trasferire la propria coscienza in un altro corpo, trasferendo esperienze e ricordi in supporti elettromagnetici. Interagendo con la razza umana, ciò che veniva chiamato "alieno" sembrava più terreno dei terrestri stessi.

Gaia interruppe il racconto poiché ebbe un'idea: creare e lasciare un unico mondo originale. Pertanto, decisero di lanciare un asteroide su entrambi i pianeti, sia sulla Terra del 2025 che su Goldor del 2030, con l'obiettivo di cancellare passato e futuro. Tutto questo per fermare un governo che nascondeva e sviluppava tecnologia aliena a costo delle vite umane e del futuro del pianeta, con una missione oscura: la conquista del mondo intero. Sarebbero arrivati a tale obiettivo con qualsiasi mezzo necessario, incluso l'uso di violenza e crudeltà per provocare siccità tramite guerre meteorologiche e costruire campi di prigionia. Avrebbero persino usato simulazioni aliene per scatenare pandemie di massa.

Ma i protagonisti non avrebbero permesso tutto ciò.

Gaia chiese spiegazioni a Enki su di un virus che aveva scoperto sul suo pianeta, e confermò che era il risultato di una manipolazione genetica sistematica. Le forze dell'ordine e i medici corrotti falsificavano le diagnosi dei pazienti, dichiarandoli stressati e ansiosi, mentre il DNA veniva compromesso da una rapida corrosione dovuta al rilascio di alluminio. La gente iniziava a sperimentare combustioni spontanee per via della contaminazione del loro sangue. Tutto aveva raggiunto il collasso, e l'esplosione nucleare aveva trasformato la Terra in un inferno incandescente. Alcuni esseri umani, tuttavia, non morirono davvero ma credevano di essere all'inferno, non potendo morire veramente. Furono risparmiati per affrontare le conseguenze delle loro azioni malvagie.

La Terra subì un periodo buio, poiché lo spirito gigante si allineò con il pianeta, privando i terrestri della luce come punizione per la loro malvagità.

Il cielo si tinse di rosso. Gli animali si agitavano inquieti, le acque dei fiumi si gonfiarono e la Terra tremò, le prime avvisaglie della fine iniziarono a mostrarsi: le montagne si scossero sotto le tempeste più violente, e il sole sembrava perdersi tra le nubi oscure che rabbuiavano il cielo. L'umanità si trovò ad affrontare cataclismi inimmaginabili. Onde gigantesche e terremoti annientarono città intere e tempeste di fuoco divorarono la terra.

Questo periodo fu una vera e propria purificazione dell'anima, un'opportunità per riflettere sulle proprie azioni e ricevere la lezione che ciò che fai agli altri tornerà a te. La Terra si fermò in un'atmosfera di oscurità e silenzio, poiché la luna era coinvolta in un piano divino per la rivalutazione delle anime.

Uriel e Gaia presero la decisione di svelarsi al mondo intero cambiando irrevocabilmente la storia.

Era il 2035 quando tutto cambiò. Una serie di eventi catastrofici si abbatté sui mondi in un susseguirsi implacabile.

Tutto ebbe inizio con una pandemia globale, un virus letale che si diffuse a una velocità impressionante mietendo milioni di vittime in poco tempo. Le persone si barricarono nelle proprie case, cercando inutilmente di sfuggire all'implacabile avanzare della pandemia. Poi arrivò il cambiamento climatico, con tempeste sempre più violente che spazzavano via intere regioni del pianeta, lasciandole devastate e irriconoscibili. Le risorse naturali iniziarono a scarseggiare, le coltivazioni non riuscivano a sopportare le nuove condizioni climatiche e la fame si diffuse come un'ombra sui pianeti. Il caos era alle porte. Le guerre scoppiarono ovunque lasciando dietro di sé una scia di distruzione e morte.

Gaia si sentiva persa, nuda e sporca mentre scrutava le direzioni, vedendo solo oscurità, rovine e ceneri dal puzzo nauseabondo. Il terreno arido era pieno di crepe, con nubi dal colore giallo spento che emergevano dalle fessure del terreno come bruma.

Continuavamo a camminare, cercando di attenuare il nostro stupore, ma non riuscivamo a trattenere le lacrime di fronte a quella visione dolorosa. Gli edifici erano rovinati e il colore pallido di quel gialliccio ne alterava l'aspetto. Gaia si rese conto che stava camminando su cadaveri senza volto, inginocchiati e stringendo piccoli mucchietti di cenere. Vide delle ossa piccole con minuscole unghie ancora attaccate. Ingoiò il suo stesso vomito e affrontò con freddezza e lucidità tutto ciò che stava osservando.

Dei mostri giganteschi annusavano le ceneri in cerca di corpi ancora vivi da poter divorare. Era terrorizzata e aveva paura che potessero percepire la sua presenza. Quando si girarono verso di lei, capì che non potevano vederla. Tirò un sospiro di sollievo e ringraziò il cielo. Questi mostri erano indescrivibili, non solo per la loro statura, ma soprattutto per la loro identità mescolata in diverse specie demoniache.

Non era sconvolta dall'aspetto, ma dalla loro

immobilità terribile.

Pensava che quel luogo fosse morto e vuoto, quando all'improvviso delle urla strazianti la costrinsero a vedere qualcosa di inimmaginabile. Vide persone viventi correre e urlare di paura, mentre questi carnivori uccidevano sventrando gli esseri umani in modo feroce. Una donna aveva gli occhi trafitti dai lunghi artigli di uno di questi mostri, che li estrasse facendo sporgere i bulbi oculari in avanti. Li portò vicino alla faccia, dove si aprì una grande bocca e un'ampia lingua sbucò dalla gola. La donna urlava disperatamente, e Gaia non riusciva nemmeno a immaginare il dolore e la paura che stesse provando. Il suo cervello era ormai devastato. Era pietrificata mentre alla donna veniva tolta la pelle dal corpo, come fosse un animale. Quest'orrore si ripeteva, mentre i demoni squarciavano la pelle umana e bevevano il sangue, indifferenti alle urla e alle lacrime disperate.

Poi, iniziarono a sparire, risucchiati dal terreno insieme alle loro vittime. Gaia non sapeva dove fossero finiti, ma si affacciò su un dirupo con attenzione a non cadere. Scappò via, desiderando solo di svegliarsi da quell'incubo.

Era così turbata dall'orrore che aveva appena visto. Non c'era nulla di più sinistro che vagare tra mondi in cui gli esseri umani, ossessionati dal tempo e da regole illusorie, erano intrappolati in una realtà tridimensionale. La scienza aveva fatto passi da gigante grazie ai robot e all'intelligenza artificiale; che fosse nata per amore, necessità o ossessione, aveva unificato l'intera umanità e, fino a quel momento, si erano rivelati come benèfici alleati dell'uomo, ma si ribellarono formando un esercito di macchine assetate di sangue.

Si diresse verso la luce, dove una prospettiva storica riscaldava silenziosamente con empatia, assorbendo il dolore.

Un alito di pace carezzava l'anima inquieta che viveva in lei, facendola sentire parte di qualcosa di infinito. L'adorazione paziente si spogliò dell'umiltà, avvolgendo la sua unica fonte di vita con sicurezza, dove costruiva una scalinata verso la sua origine. Gestiva il delicato filo della speranza, dove ogni forma di eleganza scorreva con tenerezza. Lì, dove il respiro si fermava, poteva comunicare senza emettere suoni. Dormiva accanto a essa, senza farsi notare, offrendo la sua unica vita per costruire un universo che si nutriva di essa. Era meraviglioso assistere alla nascita di qualcosa che poteva diventare invisibilmente visibile.

Un nuovo inizio stava sorgendo dalle ceneri, consapevole di un'altra possibilità.

Così, Gaia e Uriel, attraverso un ologramma, potevano vedere i loro amici e decidere insieme cosa fare. Cesare, Zoe, Enki e tutti gli altri posero i due corpi addormentati sul letto e li collegarono a una macchina del tempo chiamata *Spatial*.

"Ragazzi" dissero Uriel e Gaia. "Ma in realtà chi siamo noi?"

Noah rispose: "Che cosa non siete, io mi chiederei."

Decisero così di staccare la spina.

I mondi paralleli furono riuniti in un'unica realtà, in cui la luce e l'oscurità si parlavano e si ascoltavano capendo che erano due facce della stessa medaglia, legate da un destino eterno. La luce portò speranza all'oscurità dove l'amore era l'unico confine a questa verità.

Gli universi si fusero in uno solo, dove la realtà si mescolava con l'impossibile.

Sogno o realtà? Un cielo limpido, un sole che accarezzava la natura, campi verdi fioriti e bagnati dalle gocce di rugiada che brillavano come diamanti.

La nascita del piccolo Eiden fu un'esplosione di luce indaco luminosa, accompagnata da musiche armoniche e voci che festeggiavano una nuova opportunità. Egli fu la testimonianza di verità e purezza. Quando l'amore viene seminato, può germogliare la fede in ciò che abbiamo appreso.

***

Che sia immaginazione o realtà, il mio viaggio nell'ignoto si concluse tra le pieghe più misteriose, perdendomi in quel sottile strato che separa le tenebre dalla luce, il bene dal male, dove i raggi di energia danno vita a una sola parola: amore.

Scoprì così che il mio pellegrinaggio nei viaggi astrali, tra un sogno e l'altro, e dalla mia nascita fino a oggi, mi aveva dato la motivazione di scegliere tra onde di luce o di buio. Chi sono io?

Luce.

INFORMAZIONI SULL'AUTORE

Sabrina Guerra (Campi Salentina, LE 1977) all'età di sei mesi viene salvata dal cane di famiglia, un pastore tedesco. Una febbre altissima di quarantadue gradi le stava per togliere la vita. Il corpo non era caldo ma stranamente congelato. Una bambina sospesa tra due mondi, una miracolata. Crescendo acquisisce capacità attraverso sogni premonitori rendendo la sua virtù una chiave, dove poteva scrutare la luce dell'anima di ogni essere. Oggi vive e lavora a Belluno, ed è una donna che esprime la sua essenza attraverso l'arte dei suoi quadri e la scrittura. Fa del suo dono una missione invisibile ma di consolazione per chi ne ha bisogno. Mantenendo lo spirito di quando era piccola, coltiva l'amore universale che la rende premurosa ed empatica.

Printed in Great Britain
by Amazon